colección alandar a

El tiempo en una maleta

Norma Sturniolo

EDELVIVES

Dirección editorial:
Departamento de Literatura GE

Dirección de arte:
Departamento de Diseño GE

Diseño de la colección:
Manuel Estrada

Fotografía de cubierta:
Photonica

1.ª edición, 14.ª impresión: enero 2025

© Del texto: Norma Sturniolo
© De esta edición: Grupo Editorial Luis Vives, 2005

Impresión:
Edelvives Talleres Gráficos. Certificado ISO 9001
Impreso en Zaragoza, España

ISBN: 978-84-263-5940-7
Depósito legal: Z 623-2010

Todos los derechos reservados. Cualquier forma de reproducción, distribución, comunicación pública o transformación de esta obra solo puede ser realizada con la autorización de sus titulares, salvo excepción prevista por la ley. Diríjase a CEDRO (Centro Español de Derechos Reprográficos) si necesita fotocopiar o escanear algún fragmento de esta obra (www.conlicencia.com; 91 702 19 70 / 93 272 04 47).

El 0,7% de la venta de este libro se destina al Proyecto «Mejora de la Calidad y oferta educativa del ciclo diversificado del Instituto Tecnológico Quiché de Chichicastenango (Guatemala)», que gestiona la ONG Solidaridad, Educación, Desarrollo (SED).

FICHA PARA BIBLIOTECAS

STURNIOLO, Norma
  El tiempo en una maleta / Norma Sturniolo. – 1.ª ed., 14.ª reimp. –
[Zaragoza] : Edelvives, 2025
  146 p. ; 22 cm. – (Alandar ; 72)
  ISBN 978-84-263-5940-7
  1. Galicia. 2. Búsqueda de la propia identidad. 3. Vacaciones.
4. Amor. 5. Misterio. I. Título. II. Serie.
  087.5:821.134.2-31"19"

*Para mis antepasados, los Piñeyro,
que nacieron en la hermosa tierra gallega.*

*Para el Teatro Real y todos los que trabajan en él,
porque en ese espacio y con sus gentes
puedo entrever una parte del paraíso soñado.*

*Para el grupo con el que realicé el mismo viaje
que hacen los personajes de este libro.*

*¡Por los días en que se acrecientan
el amor y el conocimiento!*

prólogo

Querida Julia:

Te escribo desde Corcubión. Estoy en la casa de los abuelos de Diego. Mi habitación da a la ría. Ayer llegó Diana. Cuando fui a recogerla a la estación, llovía a cántaros. Me acordé de nuestra aventura en el cabo Vilán. Aquella noche diluviaba, ¡y nosotros caminando entre los acantilados con la amenaza de encontrarnos con unos asesinos! ¡Qué mal lo pasamos! Pero no es de eso de lo que quiero hablarte sino de algo que sé que te va a gustar. Me voy a presentar a un concurso de narrativa joven. La dotación económica es de ochocientos euros. ¡Qué bien me vendrían! Con la paga que me dan mis padres puedo hacer muy poco. Tengo ganas de escribir sobre las vacaciones del verano pasado. Parece imposible que nos ocurrieran tantas cosas en tan pocos días. Es como si en una maleta pequeña pudiera caber todo lo que hay en un gran armario. Bueno, voy a tener que dejarte. Está a punto de llegar la chica de la libélula. No dejes de escribirme. Cuéntame cómo vas con el inglés. Lo único que sé del lugar donde estás estudiando es que en él nació Agatha Christie. ¿Te gusta Torquay? ¿Has hecho amigos? ¿Qué tal tus compañeros de la residencia? Espero que te encuentres bien. Besos y cuídate.

Daniel

Envió el e-mail a su prima y volvió al escritorio. Sonó el teléfono. Diana lo llamaba para decirle que esa tarde no podrían verse. El disgusto le duró poco. Caía una lluvia menuda que era el acompañamiento ideal para empezar a teclear en el ordenador.

Acababa de escribir el título del relato, *Sospecha en A Costa da Morte,* cuando de nuevo sonó el teléfono. Era José Luis. Se encontraba en Corcubión. Le dijo que tenía que contarle algo muy importante. Quedaron en verse a las seis. Esa llamada le trajo a la memoria el último verano.

El año anterior, más de una vez, había oído decir a su madre que su hijo estaba atravesando una mala época. Daniel discutía a menudo. A veces no sabía por qué había empezado una discusión. Llegó a intuir que el motivo no importaba demasiado. Era como si necesitara enfadarse con alguien. Las relaciones con Irene, su madre habían empeorado. Él estaba convencido de que ella no soportaba que hubiera dejado de ser uno de los mejores alumnos de su clase y que, incluso, pasara a tener algún suspenso. Le molestaba que su madre intentara comprenderlo leyendo tratados de psicología sobre la adolescencia. Hacía que él se sintiera como alguien que tiene problemas. El último libro que había comprado se titulaba *Cómo convivir con un adolescente*. Daniel le había preguntado con socarronería si *Cómo convivir con un anormal* le había servido de algo. Lo que antes veía como una cualidad, ahora le parecía un defecto. Ya no le gustaba que Irene fuera tan culta y controlada. Además, ¿por qué tenía que ser él quien tuviera un problema? Sólo porque no obtenía las notas que su madre esperaba. Tal vez, el problema lo tuviera ella. Así pensaba entonces.

Su padre, Eduardo, era bastante callado y muy tranquilo. No podía llevarse mal con él, aunque quisiera. Le pasaba algo parecido con Julia. Su prima tenía la capacidad de disipar el enfado y la tristeza. Su optimismo era contagioso.

Transmitía armonía interior. Llegó a sentir envidia de la fortaleza y la valentía serena con la que Julia afrontaba cualquier dificultad. A veces, se olvidaba de que tenían la misma edad y le parecía que ella era mayor.

Daniel y Julia pasaban parte de las vacaciones juntos desde que eran pequeños. El último verano, sus padres y sus tíos habían elegido hacer senderismo. El destino elegido fue Galicia. La víspera del viaje, Daniel llamó por teléfono a su prima. Empezó a quejarse porque no lo habían consultado y porque sus vacaciones serían muy breves. Se marcharían al día siguiente, que era lunes, y regresarían el sábado. Las vacaciones de Daniel y sus padres se reducirían a esos días. Eduardo era traductor y había conseguido pocas traducciones ese año. Irene era catedrática de Filosofía en un instituto. Gracias a su sueldo habían salido adelante, pero debían controlar los gastos más que otros años. Julia se iría con sus padres a Grecia al día siguiente de regresar de Galicia.

—Detesto el senderismo —dijo Daniel—. No me gusta pasarme todo el día caminando deprisa y cargando la mochila de un lado para otro. ¡Vaya plan!

—Pues yo estoy entusiasmada.

—Yo también lo estaría si luego me subiera a un avión que me llevara a Grecia.

Ella no hizo caso del comentario de su primo.

—Vamos a conocer unos lugares impresionantes. Además, no sé si sabes —le dijo con intención de animarlo— que navegaremos en catamarán por los cañones del río Sil atravesando la Ribeira Sacra.

—¿Qué es eso de la Ribeira Sacra?

—No lo sé, pero en el folleto dice que es un lugar lleno de monasterios que visitaremos después del viaje por el Sil.

—¡Qué ilusión! —exclamó Daniel con tono burlón.

En ese momento, entró Irene para decirle que la cena estaba lista. Daniel oyó que, al otro lado del teléfono, Sofía llamaba a su hija. Parecía como si las dos madres se hubieran puesto de acuerdo.

Irene le preguntó a Daniel si había hecho la maleta. Él negó con la cabeza. Ella le aconsejó que no se entretuviera y que la hiciera inmediatamente después de cenar.

—¡Oh!, es cierto, debo darme prisa. Me va a llevar bastante tiempo hacerla. Tengo que poner mucha ropa porque el viaje es tan largo... —dijo con ironía.

—No empieces de nuevo. Cuántas veces tengo que decirte...

Daniel la interrumpió:

—¡No, no, por favor! Ya sé que este año no podemos permitirnos otra cosa. No hace falta que me lo repitas.

—A veces, parece que no escuchas.

—Los que no escucháis sois vosotros. Os he dicho montones de veces que no me gusta hacer senderismo.

Su madre pensó que sería difícil no discutir con su hijo, pero logró controlarse.

—Estarás con tu prima. Lo pasaréis muy bien juntos. Sofía me dijo que Julia está muy contenta.

—Yo también lo estaría si luego me fuera a Grecia.

Irene suspiró.

—Te recuerdo que mañana nos levantamos temprano. Tenemos que estar en Ópera, en la plaza de Isabel II, a más tardar a las 7.45 porque el autocar se marcha a las 8.00.

—¡Lo que faltaba! Tener que levantarme al alba —volvió a quejarse Daniel.

UNO

Cuando llegaron a la plaza de Isabel II, vieron que el autocar estaba aparcado enfrente del Teatro Real. Federico, el dueño de la agencia, los saludó con una amplia sonrisa y les presentó a su sobrina Paloma, que desempeñaría la función de monitora. Entregaron el equipaje al conductor, que lo colocó en el maletero.

Daniel habló a Julia al oído:

—Este viaje promete ser divertido —dijo con ironía—. Todos los pasajeros tienen la edad de nuestros padres.

Justo en ese momento acababa de llegar un matrimonio con una chica de la edad de los primos.

—No todos —lo corrigió Julia.

Federico les pidió que subieran al autocar. Fue llamando a los pasajeros uno a uno con una lista que sostenía en las manos. Cuando se cercioró de que estaban todos, dijo al conductor que podían marcharse.

Los primos se sentaron en el antepenúltimo asiento. Julia dijo que estaba muy cansada porque se había desvelado después leer una guía de la zona que tenía mucha información además de fotografías e ilustraciones. Le preguntó a Daniel si quería echarle un vistazo. Él negó con la cabeza.

En la parte de atrás del asiento de delante había una red que cumplía las funciones de un bolsillo. Julia dejó la guía en su interior.

—Si te entran ganas de hojearla, ya sabes dónde está —dijo a su primo.

Después de una breve pausa, retomó la palabra. Le contó que el último día recorrerían los acantilados de A Costa da Morte y el cabo Vilán, donde habían naufragado muchos barcos.

Daniel hizo gala de sus dotes teatrales. Puso una mirada aviesa y con voz cavernosa comentó:

—Hum, A Costa da Morte, ése sí que es un lugar interesante. Si alguien da mucho la lata, le digo que se acerque al borde del acantilado y luego con un simple empujón...

Su prima le dijo que la idea de un asesinato en un acantilado le recordaba una película de Alfred Hitchcock. Ambos habían visto muchas películas del director de *Psicosis* porque sus padres tenían una colección de vídeos del que fue llamado el mago del suspense. Julia dijo que tenía tanto sueño que sólo una película de Hitchcock lograría despertarla. Bostezó. Inclinó su asiento hacia atrás, apoyó la cabeza en el respaldo y se quedó dormida.

Daniel estaba pensando en una película de terror que se desarrollaba en los alrededores de un acantilado cuando oyó fragmentos de una conversación. Los que hablaban eran dos hombres que estaban sentados detrás de ellos. Le pareció oír la palabra asesinato. Se sobresaltó, pero enseguida se dijo que se habría confundido y decidió olvidarse del asunto. Cogió la guía de su prima. Empezó a leer: *En 1124 la reina doña Teresa de Portugal utilizó por primera vez el término Riboira Sacrata —la actual Ribeira Sacra— para referirse a los alrededores del cañón del Sil porque allí se habían construido varios monasterios...* No pudo evitar oír a uno de los hombres que se sentaban detrás.

—La bruma y la oscuridad de la noche —decía— les impedirán distinguir que la luz no proviene del faro. Naufragarán en el cabo Vilán.

Un ataque de tos interrumpió su discurso. Cuando dejó de toser retomó la palabra.

—Aún no hemos elegido el veneno que se va a usar para acabar con la vida...

Otro ataque de tos hizo que dejara la frase inacabada. El compañero le ofreció una pastilla.

«Lo que acabo de oír no puede ser verdad. ¿Tendré fiebre y mi imaginación me está jugando una mala pasada?», se preguntó Daniel. Se llevó la mano a la frente. Estaba fría. Justo en ese momento, el autocar se detuvo. Habían llegado a Rueda, donde tomarían un tentempié. Daniel se levantó del asiento con la intención de bajar con el resto de los pasajeros, pero cambió de idea. Se dio la vuelta y miró a los hombres que se sentaban detrás. Ellos se habían puesto de pie. Les cedió el paso y se volvió a sentar. Cuando estuvieron fuera, los dos hombres dirigieron la vista hacia el interior del autocar, exactamente hacia donde él estaba. Daniel se alarmó. «A lo mejor he oído bien y esos dos, ahora, sospechan que yo pude haberme enterado de sus planes», pensó.

Uno de los hombres tendría alrededor de cuarenta años. Era delgado, de ojos color azul claro y pelo castaño. Mediría cerca de un metro noventa. Su compañero, casi tan alto como él, parecía algo más joven. Era de complexión robusta y facciones regulares. Tenía un bronceado perfecto y llevaba gafas de sol de una conocida marca italiana.

A Daniel se le disparó la imaginación. Empezó a pensar en las novelas policíacas que había leído. Estaba inmóvil con los ojos muy abiertos como alguien al que hubieran hipnotizado. La voz de su padre hizo que volviera en sí. Eduardo se había asomado al interior del autocar.

—¿Qué hacéis ahí dentro? Vamos, daos prisa.

Despertó a su prima. Ella se levantó como una autómata y bajó del autocar con los ojos llenos de sueño.

—¿Qué os pasa? ¿Por qué tenéis esa cara de pasmados? —preguntó Sofía, la madre de Julia, y sin esperar respuesta, agregó—: Quizá os venga bien otro desayuno.

Entraron en un bar. Daniel se rezagó. Pasó delante de una mujer muy delgada, de facciones afiladas, boca grande, ojos rasgados y pelo castaño recogido en un moño. El hombre que estaba a su lado, a diferencia de ella, era bastante rollizo:

—Pedro, no comas tanto —oyó que le decía la mujer.

—María, déjame. Estamos de vacaciones —se defendió el hombre, que intentaba comer un bocadillo.

La mujer volvió a la carga. Junto a ellos, con expresión de disgusto, estaba la chica que parecía tener la edad de los primos. A Daniel se le ocurrió pensar que habría presenciado escenas de ese tipo más de una vez. Se detuvo cerca de ella. La chica llevaba el pelo muy tirante recogido con una goma elástica. Él le sonrió. Trataba de darle a entender que la comprendía. Ella lo miró como diciendo «¿Quién te ha dado vela en este entierro?». Daniel había creído que aquella chica le agradecería su gesto. Sintió que había hecho el tonto. Se alejó del lugar y se dirigió hacia donde estaba su familia. Juan, el marido de Sofía, alababa el vino del lugar y Eduardo asentía con la cabeza. Daniel los observó. Pensó que cada uno se comportaba acorde con su carácter. Su tío Juan era muy comunicativo y su padre, más callado. Su tía era más inclinada a la acción y su madre, más reflexiva. Sofía sacó un mapa del interior de su bolso. Ella y la madre de Daniel miraron el recorrido que harían durante aquel día. Julia seguía somnolienta. Daniel quería hablar con ella a solas. Le hizo señas para que se marchara con él.

Su prima no cayó en la cuenta de que debía de existir alguna razón para que él empleara el lenguaje de los gestos.

—¿Qué quieres? —le preguntó.

Las madres levantaron la vista del mapa.

—Invitarte a dar una vuelta por Rueda —mintió Daniel.

—No tengo ganas. Prefiero tomarme otro café con leche y una napolitana.

Él levantó dos veces las cejas. Era una señal del código secreto que mantenían desde pequeños. Cuando uno de los primos levantaba dos veces las cejas, significaba que había sucedido algo muy importante de lo que no se podía hablar delante de otros.

—Quizá no me vendría mal estirar un poco las piernas —rectificó Julia.

—Sería mejor que no os marcharais. Tenemos que regresar al autocar dentro de poco —dijo Sofía.

—Aún quedan veinte minutos —aclaró Juan.

Julia les prometió que regresarían en diez o quince minutos.

Daniel contó a su prima todo lo que había creido oír mientras ella dormía.

—Habrá que averiguar si es verdad que viajan con nosotros un par de asesinos. No hay que perderlos de vista. Debemos estar muy atentos y tratar de oír lo que dicen —remató.

—Ay, Daniel, ¡qué fantasioso eres! Quizá estaban hablando de un libro o de una película. Incluso, el hombre al que oíste podía estar leyendo un fragmento de alguna de esas novelas policíacas que tanto te gustan.

—Julia, eres muy ingenua.

—¿No será que tú eres demasiado desconfiado?

—No sé por qué, pero esos tíos no me gustan nada.

—Ése es un problema tuyo. Últimamente, siempre encuentras defectos. A veces, me parece que no te gusta nadie. Si estuvieran planeando un crimen, ¿de verdad crees que iban a hablar sin bajar la voz?

Daniel no le contestó, sino que también le hizo una pregunta.

—¿Has leído el cuento *La carta robada* de Poe?

—No, pero ¿qué relación hay entre ese cuento y lo que te estoy diciendo?

—Lo entenderás enseguida. En ese cuento la policía no descubre una carta robada porque está en un tarjetero a la vista de todos. Ellos van a buscar en los lugares más recónditos. Les sobran prejuicios y les falta imaginación. El autor demuestra que la mejor forma de esconder algo es dejarlo ante las narices del mundo entero.

—No veo la relación.

—Quiero decir que tú reaccionas como los policías del cuento. Como esos hombres hablaban con un tono de voz normal descartas que vayan a cometer un asesinato.

—Gracias por decirme que carezco de imaginación y tengo prejuicios. Esa inteligencia que usas para buscarle tres pies al gato, podías emplearla en otras cosas

—le espetó Julia—. Te pareces a esos filósofos que intentaban hacer pasar por verdadero algo que era falso.

—No tienes razón y te recuerdo que esos filósofos se llamaban sofistas —dijo Daniel con arrogancia.

—En lugar de buscar argumentos para no dar tu brazo a torcer, podías usar tu imaginación en escribir como hacías antes —le dijo Julia.

Daniel no quería oír a su prima. Él se obstinaba en defender su opinión contra viento y marea. Intentaba demostrar que tenía razón a toda costa y para ello buscaba cualquier argumento aunque no se ajustara totalmente a lo que quería demostrar. Julia estaba en lo cierto, pero su orgullo le impedía darle la razón.

Su prima le hablaba con sinceridad.

—¿De qué estás hablando? —le preguntó haciéndose el que no entendía.

—De que sería mejor que te dedicaras a escribir. Me acuerdo de que en el cole ganabas todos los concursos de cuentos. Cuando tenías ocho años empezaste a llenar cuadernos con tus escritos y lo has seguido haciendo hasta no hace tanto tiempo.

—Te equivocas, de eso hace ya mucho tiempo. Ahora no me gusta escribir.

—¿Por qué te engañas? ¿O es que de tanto mentirte te has creído tu propia mentira? A veces, me parece que ese malestar que sientes se debe, sobre todo, a que actúas en contra de ti mismo, en contra de las cosas que más te interesan.

—¿Por qué crees eso? —preguntó Daniel, esta vez con un tono mucho menos seguro.

Sintió que su prima, una vez más, había dado en la diana.

—Porque estoy convencida de que a ti te gusta escribir y lo que te molesta es que a tu madre también le gusta que tú escribas. Quizá, si yo hubiera sido hija de la tía Irene, hubiera reaccionado igual que tú. La tía te exigía demasiado. Quería que fueras el mejor en todo. Te obligó a estudiar violín, que, aunque lo abandonaste hace dos años, tocabas muy bien, pero no te obligó a escribir.

—Mi madre es insufrible. Todo tiene que ser como ella dice. No entiende que a uno le pueda gustar el último grupo de música y Bach. Bueno, a la mayoría de mis compañeros les pasa lo mismo —sonrió—, lo que ellos no entienden es que me pueda gustar Bach.

—La tía ha cambiado.

—Sí, ahora lee libros de psicología. Entre ella y yo siempre se interpone algún tratado sobre adolescentes difíciles.

De pronto, oyeron hablar a la chica de la coleta. Se había acercado con tanto sigilo que no se habían dado cuenta de su presencia.

—Hola, ¿habéis visto alguna librería?

—Hola. No, no hemos visto ninguna —respondió Julia.

—Bueno, veré si en algún quiosco venden novelas.

—Yo he traído libros de poesía, si quieres te los puedo prestar —le dijo Julia.

—No, gracias. Quiero comprarme una novela de Donna Leon —le respondió.

—Ésa es una autora de novela policíaca, ¿verdad? —preguntó, interesado, Daniel.

La chica respondió afirmativamente.

—Yo he traído una novela de Agatha Christie y otra de Conan Doyle. No tengo problema en prestártelas.

—¿No has oído que quiero leer una novela de Donna Leon? Bueno, no puedo perder más tiempo. Adiós.

La chica se marchó caminando con paso ligero y exageradamente erguida.

—Esa tía es bastante repelente. Es la segunda vez que me hace sentir como un tonto.

—No le hagas caso. Ahora tenemos que regresar al bar.

—Todavía nos quedan algunos minutos —le recordó Daniel.

—Si vamos a hacer de sabuesos, tendremos que intentar que nuestros padres nos vean responsables, que confíen en nosotros para que nos den libertad de movimiento.

—O sea que, a pesar de todo, estás dispuesta a ayudarme en mis pesquisas.

—Así es, mi querido Sherlock Holmes.

Todos se dirigieron a los mismos asientos que habían ocupado durante el trayecto hasta Rueda menos cuatro mujeres que se fueron al final del autobús, donde había una mesa plegable para jugadores. Estaban separadas del asiento que ocupaban los dos hombres a los que había oído Daniel por el pasillo. Las mujeres comenzaron a jugar a las cartas. Una de ellas se reía a menudo. Hablaban a gritos e impedían que Daniel y Julia pudieran escuchar lo que decían los dos hombres.

—¡Uf, qué fastidio! —exclamó Daniel—. Por culpa de esas cotorras no podemos oír lo que nos interesa.

—Estamos de vacaciones. Quieren divertirse. No te obsesiones con esos dos. Estoy convencida de que no son unos asesinos.

—¡Shsss! Pueden oírte.

Una risa estentórea que procedía del asiento de las jugadoras los distrajo. Se enteraron de que la que se reía se llamaba Ángela. Era una mujer baja, de aspecto nervioso, llevaba el pelo muy corto y tenía unas bolsas debajo de los ojos que le daban una expresión de cansancio. Daniel se acordó de esas personas nerviosas que se ríen con frecuencia, aunque no exista ningún motivo de risa. Se le ocurrió pensar que quienes se reían de esa forma, sin ton ni son, se defendían de la tristeza que amenazaba con derrumbarlas. «Soltar una risita y dar un paso adelante en el camino de la vida, soltar una risita para poder seguir cargando con el fardo que les hace daño», se dijo.

Habían llegado a Ribadelago. El autocar se detuvo. Federico les anunció que atravesarían el pueblo caminando para ir al lago de Sanabria. Paloma, la monitora, les recordó que tenían que llevar consigo las mochilas. Comerían sobre la hierba a la sombra de algún árbol o bajo los rayos del sol, según el gusto de cada cual, y los que quisieran se podían dar un baño. Daniel se animó. Nadar le gustaba mucho.

Algunos viajeros se quitaron la ropa a la vista de todos porque se habían puesto los bañadores en los servicios del bar de Rueda. Otros utilizaron unos arbustos como vestidores. Una mujer extendía un pareo delante de su amiga para que pudiera quitarse la ropa sin ser vista.

Daniel descubrió que no tenía el bañador en la mochila y decidió regresar al autocar. Le pidió al conductor que lo acompañara para abrirle el maletero. Antes se despidió de Julia rogándole que no dejara de vigilar a los hombres.

Pasó bastante tiempo hasta que volvió a reunirse con su prima. El autobús estaba aparcado donde comenzaba el pueblo y, además, Daniel acompañó al conductor a un bar. El hombre se moría de ganas de tomarse una caña. Había sido muy amable con Daniel y lo menos que podía hacer era acompañarlo.

Cuando Julia lo vio llegar, corrió hacia él y le preguntó si llevaba puesto el bañador debajo de los vaqueros. Él le dijo que no y enseguida quiso saber si su prima había averiguado algo nuevo. Julia le contó que mientras una parte del grupo se disponía a comer y otra estaba nadando, los dos hombres se alejaron. Ella los siguió y cuando estuvo cerca logró oír algunas palabras sueltas que se referían a un naufragio y al cabo Vilán.

—¿No oíste nada más? —le preguntó Daniel.

—No pude porque descubrieron mi presencia y me miraron con cara de pocos amigos. Fingí que te buscaba y les pregunté si te habían visto. Ni siquiera me hablaron. Negaron con la cabeza.

—¿Todavía piensas que son inocentes? —preguntó su primo.

—No tenemos ninguna prueba para pensar lo contrario.

—Ninguno de ellos leía una novela policíaca y, sin embargo, pronunciaron las palabras que oí en el autocar.

—No empecemos de nuevo. Y ahora, por favor, déjame que te cuente otra cosa.

Daniel aceptó sin ningún entusiasmo.

—Tuve una breve conversación con la chica de la coleta. Se llama Ana. Oí que se quejaba. Entonces le pregunté qué le había pasado. Me respondió, con su aspereza habitual, que se había clavado una astilla. Le dije que podía ayudarla a quitársela con unas pinzas que tenía en la mochila y adivina qué me dijo.

—No sé. Lo más suave, que la dejaras en paz.

—Me preguntó si me gustaba jugar a la buena samaritana.

Daniel se rio.

—Bueno, no está tan equivocada.

—A mí no me hizo ninguna gracia. Le pregunté si siempre era tan mal educada con quienes querían ayudarla. Se quedó de una pieza. No esperaba que reaccionara así.

—Ni yo. ¡Muy bien hecho, prima!

—Se disculpó y, finalmente, me pidió que la ayudara a quitarse la astilla. Pude quitársela con las pinzas. Me dio las gracias y luego permaneció en silencio. La verdad es que me sentía incómoda, así que me marché enseguida.

—¡Te felicito! Has logrado que se disculpara y que aceptara que la ayudaras. Si no te conociera, creería que me estás mintiendo.

Paloma se había acercado a ellos y les anunció que era hora de marcharse.

En el camino de regreso, a excepción de los dos hombres, todos los demás parecían viejos amigos. Federico estaba al final de la fila de senderistas cantando una canción. Los que se encontraban junto a él coreaban el estribillo.

Una vez en el autocar, Julia cogió su guía y le enseñó una fotografía de Santa Cristina de Ribas de Sil, uno de los monasterios que visitarían.

—Se dice que en ese monasterio hay pasadizos secretos y que en él han ocurrido hechos misteriosos. Es un lugar ideal para quienes tú sabes.

Daniel no dijo nada. Las risas de Ángela y los gritos de las jugadoras se habían reanudado. Al atardecer, llegaron a un hotel de las afueras de Ourense. El recepcionista entregó las llaves de las habitaciones a Federico, que fue llamando a los integrantes del grupo. Cuando les llegó el turno a los dos hombres, los primos se enteraron de que el mayor se llamaba Leo y el más joven, Agustín.

A la hora de la cena, se distribuyeron alrededor de distintas mesas. Los padres de Julia y de Daniel estaban sentados junto a los padres de Ana. La chica no había bajado porque estaba indispuesta. A Daniel no le hizo gracia la compañía, pero se animó algo más cuando vio que el dueño de la agencia y su sobrina se sentaban junto a ellos. Agustín y Leo fueron los últimos en llegar. Federico dijo que les hacía un hueco.

Llegó el primer plato:

—¡Lasaña, estando en Galicia! Por eso no me gustan los viajes que incluyen la comida en el hotel —protestó María—. La pasta engorda. ¡Camarero, camarero! —llamó a voz en cuello.

El hombre se acercó.

—¿Podría cambiar la lasaña por una ensalada?

El camarero le dijo que sí. Retiró el plato y al rato le trajo una fuente con una ensalada abundante.

Julia y Daniel contuvieron la risa. ¡Aquella mujer estaba en los huesos y tenía miedo a engordar!

Después del primer plato, todos empezaron a hablar muy animados menos Leo y Agustín. Federico quiso que participaran y les hizo algunas preguntas, pero como respondían con monosílabos, acabó desistiendo.

DOS

A la mañana siguiente, se dirigieron al embarcadero de San Estevo, donde tuvieron que esperar la llegada del catamarán. Julia se acercó a un grupo de chicos que hablaba con acento latinoamericano. Le preguntó a uno de ellos si era argentino. El chico le respondió que sí. Ella le contó que hacía dos años había estado en Argentina y que había conocido las cataratas del Iguazú. El guía del grupo en el que estaba el chico lo llamó.

—Esperame acá, que ahora vuelvo —le dijo.

Julia no se movió de donde estaba. El chico regresó enseguida.

—Me llamo Diego, ¿y vos?

—Julia.

Se pusieron a hablar con una familiaridad como si se conocieran de toda la vida. Su primo se reunió con ellos. Diego les contó que su grupo estaba haciendo un viaje pagado por la Xunta de Galicia. Daniel le preguntó qué había que hacer para conseguirlo.

—Hay que tener entre 14 y 20 años —explicó Diego— y ser hijo o nieto de gallegos. Uno se anota y entonces participa en el sorteo del viaje.

—Y ¿dónde vivís?, ¿qué hacéis?, ¿cuánto tiempo dura el viaje? —preguntó Daniel.

—No lo atosigues. Hazle las preguntas de una en una —dijo Julia.

—Dejalo. No me molesta. Podés elegir cuánto tiempo quedarte, dentro de un máximo de cuarenta y cinco días. Los primeros quince, recorrés Galicia y te alojás en campamentos. Luego podés estar con tu familia.

—¡Qué suerte que ganaras! —exclamó Julia.

—El que ganó fue mi hermano, que ahora está en Ourense en casa de unos tíos. Yo estoy acá porque los abuelos querían que también viniera yo. Entre el dinero que gané con algunas changas y el que ellos me enviaron pude pagar el viaje.

Aunque lo habían comprendido, Diego les aclaró que changas era algo así como trabajos ocasionales.

Ana se dirigió hacia donde ellos estaban. En el camino se quitó la goma elástica y dejó suelta una abundante melena que atrajo las miradas de los que estaban cerca. Su cabello castaño claro tenía mechas doradas que brillaban bajo los rayos del sol.

—¡Hola! —dijo, mirando directamente a Diego—. ¡Qué buen día hace! —añadió con una sonrisa que dejó ver una hilera de dientes perfectos.

«No me había dado cuenta de que era tan guapa», pensó Daniel.

El guía del grupo de Diego volvió a llamarlo. Le pedía que subiera a bordo del catamarán. También Federico empezó a llamarlos.

—Vamos en el mismo catamarán pero en grupos distintos. A la vuelta, si les parece, podemos encontrarnos aquí mismo.

—De acuerdo —se apresuró a responder Ana.

Julia se sorprendió. Tenía ganas de decirle a Ana que Diego no había hablado con ella, que dejara ya de sonreírle, pero logró controlarse. En cambio, le dijo a Diego:

—Mi primo y yo estaremos aquí.

—Entonces, hasta luego —dijo el chico argentino.

Daniel se acercó a Ana:

—¿Has conseguido comprar el libro de Donna Leon? —le preguntó para iniciar una conversación.

Ana cambió el gesto amable por su adusta expresión habitual. Le respondió que no, volvió a sujetarse el pelo y se despidió.

—Ja, ¿te has dado cuenta? —preguntó Julia.

—Bueno, no es muy amable, pero eso ya lo sabíamos. Aunque esta vez, cuando se acercó, me pareció más simpática.

—Me refiero a si te has fijado en que se quitó la goma del pelo.

—¡Guau! ¡Sí! Tiene un pelo de anuncio de champú y una cara bonita y unos dientes que también podrían aparecer en un anuncio de dentífrico.

—Podrías dedicarte a director de *casting* —le dijo burlona.

—Es algo en lo que no había pensado —replicó sonriente Daniel.

—Se soltó el pelo para que se lo viera Diego —dijo Julia, cambiando de humor.

—¿Estás segura?

—¿No viste cómo le sonreía?

—No.

—Tú no ves lo que no quieres. ¿Tampoco viste que, apenas se marchó Diego, volvió a sujetarse el pelo? ¿Estás ciego?

—Eh, ¿qué mosca te ha picado? ¿Por qué me hablas así? —le preguntó Daniel.

—Por nada —dijo Julia, que había dirigido su enfado contra Daniel, aunque la causante de su enojo había sido Ana.

Estaba segura de que había coqueteado con Diego. «¿Tendré celos de su pelo de ninfa y de su sonrisa de anuncio de dentífrico?», se preguntó.

Cuando subieron a bordo del catamarán, Irene y Sofía entraron en la parte cubierta de la embarcación y se sentaron junto a las ventanas. Juan y Eduardo permanecieron en el exterior igual que Julia y Daniel. Ana se sentó dentro con sus padres. El grupo de los chicos argentinos estaba fuera, lejos de donde se encontraban Julia y Daniel.

La guía de la excursión por el río Sil hablaba a los pasajeros desde la cabina:

—El río Sil corre entre paredes verticales y va describiendo majestuosas curvas antes de desembocar en el río Miño. Es célebre la frase «el Miño lleva la fama y el Sil lleva el agua». Cerca de este recorrido fluvial se erigieron muchos monasterios y por eso el lugar es conocido como Ribeira Sacra.

Daniel estaba pendiente de lo que veía.

—¡Este paisaje es impresionante! —exclamó.

—¡Mira quién habla! El que estuvo quejándose todo el tiempo porque no quería venir —dijo su padre.

—Nunca me imaginé algo así.

Daniel no salía de su asombro. Cuando estaban atravesando Luintra, la guía les contó que en la plaza principal de esa población había un monumento al afilador porque Luintra había sido la cuna de los hombres que ejercieron ese oficio. De pronto, los primos se dieron cuenta de que Leo y Agustín estaban al lado de ellos. Julia y Daniel se pusieron alerta como los sabuesos cuando huelen a su presa. La guía siguió explicándoles que los afiladores tenían un lenguaje secreto llamado *barallete*.

—Los afiladores tienen un lenguaje secreto como quienes tú sabes —le dijo Leo a Agustín.

No pudieron oír más porque Sofía se les acercó blandiendo un tubo de crema bronceadora.

—El sol es muy intenso y vosotros muy blancos. Tenéis que poneros bronceador.

—Pero, mamá, no somos niños ni estamos en la playa —protestó Julia, que se había puesto roja a su pesar.

Miró hacia donde estaba Diego. «¡Uf, menos mal que no mira hacia aquí», pensó.

—Si no os la ponéis vosotros, os la pongo yo —aseguró Sofía.

Su sobrino se apresuró a pedirle la crema. Él y Julia comenzaron a extendérsela por los brazos y la cara. Leo y Agustín se habían alejado. Daniel pensaba en lo que había dicho Leo. ¿Los que poseían ese lenguaje secreto al que Leo había aludido serían sus compinches? ¿Cómo estaría codificado ese lenguaje? ¿Tendría también un nombre como el lenguaje de los afiladores? ¡Cuántas preguntas sin respuesta!

—¡Qué serio estás, Daniel! Ponerse crema bronceadora no es tan malo —comentó Eduardo, que sabía lo poco que le gustaba a su hijo embadurnarse con esas cremas.

Daniel no hizo nada para aclarar el error porque prefería que su padre no empezara a interrogarlo.

Volvió a mirar el magnífico paisaje. Las laderas estaban pobladas de pinos, castaños y *carballos*. Casi colgadas de los barrancos se extendían las pequeñas aldeas. Un monumento al barquillero recordaba un oficio próximo a desaparecer.

Cuando regresaron al embarcadero, vieron que se habían formado largas colas frente a los aseos. Los primos intentaron divisar a Diego, pero fue él quien los localizó. Se acercó a ellos y volvió a hablarles con la cordialidad que tanto había seducido a Julia. Les contó que él regresaba a la casa de sus abuelos, que estaba situada en Corcubión.

—¡Qué suerte! ¡Nosotros también iremos allí! —exclamó Julia—. A partir de mañana dormiremos en el hotel El Hórreo de Corcubión. Podríamos vernos mañana por la tarde.

Daniel pensó que su prima demostraba demasiado interés.

—Hecho —dijo Diego—. Denme el número de sus celulares y yo les doy el mío.

Julia se apresuró a darle el número de su móvil y el de su primo. Daniel memorizó el de Diego y alardeó de que él no necesitaba escribirlo. Se despidieron con la promesa de verse al día siguiente.

Los primos vieron que Ana se acercaba y que llevaba el pelo suelto de nuevo. Julia estaba contenta porque Diego ya se había marchado.

—Si Ana no fuera tan antipática —le dijo Daniel a Julia en voz baja—, diría que parece un hada.

—A mí me parece una bruja —se le escapó espontáneamente a Julia.

Daniel se quedó sorprendido. No reconocía a su prima.

Ana miraba hacia todos lados. Se le notaba la decepción en la cara. Pasó junto a ellos sin detenerse. Los saludó con una sonrisa forzada.

—¿Lo ves? Como ha visto que Diego no está con nosotros, ha pasado de largo. Bueno, Diego es tan guapo, interesante y simpático que no me extraña que le guste.

Enseguida se arrepintió de haber expresado en voz alta lo que pensaba. Daniel no era la persona más indicada para ese tipo de confidencias. Seguro que le gastaría bromas. Sin embargo, él no le dijo nada. Su primo no la estaba escuchando. Había vuelto a pensar en Leo y Agustín. Se había quedado con la mirada perdida, intentando desentrañar qué era lo que no le gustaba de ellos.

Federico cogió el micrófono y presentó al guía local, que tenía el mismo nombre que él. Juan dijo que llamaría Federico I al dueño de la agencia y Federico II al guía local mientras estuvieran los dos juntos. El resto del grupo también decidió llamarlos de esa forma.

El primer monasterio que visitaron fue el de San Estevo de Ribas de Sil. Estaba enclavado en la ladera de un bosque de castaños que bajaba en pendiente hasta el Sil. Federico II empezó a hablar:

—Hoy no podremos visitar el monasterio porque mañana se inaugura como parador y están terminando las obras de remodelación. Los orígenes del monasterio se remontan al siglo VI...

Federico II explicaba con minuciosidad las características del edificio y las etapas por las que atravesó su construcción. No dejaba de hablar ni un momento. Daniel comentó que le hubiera gustado visitar el monasterio. Irene le dijo a Eduardo en voz baja:

—Daniel está de buen humor. Parece como si volviera a ser el de antes.

—Quizá no es que vuelva a ser el de antes —opinó Eduardo—, sino que empieza a liberarse de la necesidad de tener que rechazar la mayor parte de las cosas que les gustan a sus padres.

—¿Tú crees?

—Sí. Ya sabes que a su edad esa conducta no es nada rara. Hay que dejarlo tranquilo.

—¡Qué comprensivo estás! Se nota que contigo discute menos.

—Tienes que tener paciencia. Está pasando una crisis propia de su edad.

—Pero en las crisis, ya sabes, el enfermo puede mejorar o agravarse.

El guía les dijo que el siguiente monasterio que visitarían sería el de Santa Cristina de Ribas de Sil. Julia miró a su primo y vio que sonreía. Él le contó que le había hecho gracia un comentario de Juan.

—Tu padre ha dicho que Federico II debería llamarse Federico, el rey batallador, por su majestuosidad y porque nos deja a todos muertos con la artillería de sus palabras.

Pronto se propagó la noticia del mote que Juan había puesto a Federico II y decidieron llamarlo Federico *el Batallador*. El guía, ajeno a los comentarios que se hacían a sus espaldas, les explicó que estaban atravesando el Camino Real. Las *corredoiras*, regatos, sotos de castaños y *carballeiras* deleitaban la vista de los caminantes. Los primos se habían olvidado de sus roles de sabuesos. Las jugadoras de cartas seguían hablando a gritos y Ángela se reía de cualquier cosa. Juan le dijo a Ángela:

—Pareces una gaviota reidora.

—La gaviota reidora, ¡qué gracioso! Te va de perlas —comentó su amiga Marisa.

A Ángela no le gustó el mote ni que a su amiga le pareciera tan apropiado.

Enseguida encontró la forma de vengarse. Marisa llevaba una mochila que tenía las correas estropeadas y, por eso, las anillas quedaban sueltas. Al caminar, con el movimiento, producían un tintineo como el tañido de una campana pequeña.

—Y tú pareces Campanilla —replicó Ángela con aire triunfal.

Habían llegado al monasterio de Santa Cristina de Ribas de Sil. Federico *el Batallador* les empezó a describir pormenorizadamente el rosetón de la fachada. El edificio era de estilo románico. Se conservaban sólo dos lados del claustro y unas pocas dependencias. El lugar en el que estaba situado el monasterio era silencioso e invitaba a la meditación. Daniel se acordó de las poesías que hablaban de la vida retirada.

Continuaron la marcha por un camino entre abedules, castaños y avellanos. El guía les anunció que el próximo monasterio que visitarían sería San Pedro de Rocas. Les explicó que era uno de los más antiguos de Europa.

—Está excavado en la roca viva —añadió.

Los primos se encontraban al final del grupo de senderistas. Ana, que estaba entre los que iban a la cabeza del grupo, se dio la vuelta, los saludó con el brazo y se dirigió hacia ellos. Julia aludió a la camiseta muy ceñida que llevaba Ana.

—Se va a asfixiar con esa camiseta —comentó.

—¿Estás preocupada por su salud? —le preguntó Daniel con retintín.

Su prima no dijo nada. Cuando Ana estuvo junto a ellos, les sonrió.

«Puedes ahorrarte tu *sonrisa dentífrica* porque Diego no está con nosotros», dijo, interiormente, Julia.

—Hola. ¿Lo estáis pasando bien? —preguntó la chica.

—Nosotros siempre lo pasamos genial —se apresuró a decir Julia.

«Julia parece otra delante de Ana. Está nerviosa, tensa, a la defensiva. Nunca la había visto así», pensó Daniel.

—Pues es una suerte —dijo Ana.

Después de un breve e incómodo silencio, añadió:

—¿Os vais a volver a ver con el chico del catamarán?

—¿Te refieres a Diego? —preguntó Julia con tono inocente.

—Bueno, no sé cómo se llama. Me refiero al chico argentino.

—Se llama Diego y no lo veremos porque regresa a su país mañana.

Daniel miró a su prima admirado.

—¡Ah! —exclamó con pena Ana.

—¿Querías hablar con él?

—Eh... Había pensado que como mañana tenemos la tarde libre, podíamos salir los cuatro. Creí que había dicho que nos volveríamos a ver.

«A ver si te enteras, a ti no te dijo nada. Se despidió de mi primo y de mí. Quería volver a verse con nosotros. Tú no pintas nada», pensó Julia, y dijo con aire de suficiencia:

—Volvernos a ver es posible. A no ser que nos muramos mañana, siempre hay posibilidades de que nos volvamos a ver.

Ana se quedó desconcertada. Dejó escapar una risita de esas que se sueltan cuando no se sabe qué decir.

—Podemos salir nosotros tres —sugirió Daniel.

Julia lo miró con cara de asesina y Ana con desilusión.

—Acabo de acordarme de que mis padres me habían dicho que querían que fuera a visitar el pueblo vecino con ellos. O sea, que no va a poder ser —explicó. Y enseguida, añadió—: Os dejo. Me gusta andar más rápido.

«No es nada lista. Le falta imaginación para inventarse excusas», pensó Julia. Cuando Ana se alejó lo suficiente, estalló:

—¡Qué morro tiene la tía esa! Dice que quiere que salgamos los cuatro y cuando se entera de que Diego no va a venir, se inventa un pretexto de lo más burdo para no salir con nosotros. ¡Qué se habrá creído!

—¿Por qué le mentiste? —le preguntó Daniel.

Su prima no le contestó. En ese momento lo único que quería era que Daniel también criticara a Ana.

—¿Le mentiste porque tienes miedo de que ligue con él?

—¡Qué dices! Le mentí porque no soporto a esa chica. Además, si lo piensas bien, le estoy haciendo un favor, así no tendrá que quitarse la goma elástica con la que parece estar tan a gusto.

Daniel no salía de su asombro. «El cóctel de Diego y Ana ha desatado un huracán en el alma apacible de Julia», pensó.

—Julia, ya conoces el dicho: la mentira tiene las patas cortas. Ana puede ver a Diego en Corcubión o a nosotros con él, ¿qué le diremos entonces?

—Ya se nos ocurrirá algo.

Durante el camino, el guía local les habló de los árboles y de las plantas del lugar. Cuando quería contarles alguna anécdota que él consideraba interesante, los obligaba a detenerse y elevaba la voz para que todos lo escucharan. Les explicó que si los castaños no eran sellados después de ser podados, se pudrirían por las filtraciones de agua en la madera.

—Por el contrario —añadió—, el roble resiste formando unas protuberancias en el lugar donde se filtra el agua.

—Mi padre siempre dice que es como el roble —comentó Julia a su primo—. Resiste cualquier temporal. Él no permite que las penas se le pudran dentro. Se ha comprado un cuadro con caracteres chinos al que acompaña un texto en español que dice: «No puedes evitar que los pensamientos tristes sobrevuelen tu cabeza, lo que sí puedes evitar es que aniden en tu pelo».

Daniel estaba pensando que le gustaría mucho ver ese cuadro cuando oyó un comentario del guía que lo sorprendió. Hablaba de una planta llamada *digitalis purpúrea*.

—Tiene un gran poder curativo en las enfermedades cardíacas, pero puede ser letal si se ingiere una sobredosis. Algunas veces ha sido utilizada como veneno. ¿Sabéis lo que sucede cuando se hace la autopsia a alguien que ha muerto por sobredosis de *digitalis purpúrea*? —preguntó.

Todos se miraron interrogativos. Leo levantó la mano y dijo que él y Agustín lo sabían.

—¿Qué ocurre? —preguntó ansiosa Marisa.

—Como no quedan rastros de ella, la muerte parece producida por causas naturales —aseguró Leo.

—Ah, claro, vosotros lo sabéis porque habéis envenenado a varios —comentó Ángela.

—¿Cómo lo has adivinado? —preguntó Leo, zumbón.

—Es que tiene algo de bruja —respondió jocosa Marisa, adelantándose a Ángela que, después de oírla, la fulminó con la mirada.

—Ya hemos envenenado a varios con *digitalis purpúrea* y no hemos sido descubiertos —añadió Leo con socarronería.

Daniel miró a Julia alarmado.

—Ahora que lo sé, nunca me iré a tomar una copa con vosotros —dijo Juan, siguiendo la broma.

—Ni yo —dijo Campanilla—. En un momento de descuido te vierten la dichosa droga en la copa y luego...

—Acaban cantándote un réquiem —remató Juan.

El guía dijo que existían sospechas de que algún personaje importante del clero había sido envenenado con *digitalis purpúrea*.

Siguieron caminando y todos se olvidaron del asunto, menos Daniel, que estaba cada vez más preocupado.

Leo y Agustín se acercaron a Juan. Los primos se situaron junto a ellos. La palabra réquiem había sido un detonante para que los tres hombres empezaran a hablar de música. Oyeron los nombres de Mozart, Verdi, Puccini y Fauré. Daniel decidió alejarse y le pidió a su prima que lo siguiera.

—No me extraña nada que esos dos conozcan venenos que no dejan huellas. Después de haber oído lo que has oído, imagino que estarás más inclinada a pensar que no son dignos de confianza.

—Ahora también nosotros sabemos lo de la *digitalis purpúrea*. Eso no nos convierte en unos asesinos.

—No es igual.

—Lo que tú sí deberías saber es que nunca se puede decir de alguien que es un asesino hasta que no se tienen pruebas concretas de su culpabilidad.

A Julia le había impactado descubrir que Leo y Agustín eran amantes de la música. Le parecía que con esa afición no podían ser asesinos. Daniel le habló de criminales que tenían gustos artísticos.

—El protagonista de una serie de novelas policíacas que he leído es un asesino con un gusto artístico exquisito. Comete varios crímenes a lo largo de todas las novelas de la serie y no lo descubren nunca —remató Daniel.

—¡Estás hablando de novelas, no de la realidad!

—Pero la autora sabía mucho de psicología.

—De nuevo estás con lo mismo. Parece que no buscas pruebas para descubrir la verdad sino argumentos que demuestren que tienes razón.

—Hace un momento a ti tampoco te preocupaba mucho la verdad —le replicó molesto.

Apenas terminó de decirlo se arrepintió. Ése fue un golpe bajo. Daniel sabía que su prima aborrecía la mentira. Ella había mentido a Ana sin premeditación, llevada por la pasión. A Julia se le subieron los colores. No dijo nada más.

Siguieron caminando en silencio. Al cabo de un rato, se les acercó Juan. Sofía le había pedido que llevara un gorro a Julia para que se protegiera del sol.

Aprovecharon su llegada para preguntarle sobre Leo y Agustín. Juan les contó que eran tan melómanos como él. Le preguntaron si sabía qué profesión tenían. Les dijo que ambos eran informáticos.

—¡Informáticos! —exclamó Daniel.

—No tiene nada de raro. ¿Por qué te asombras?

—Es que me parecía que eran as... artistas. Quiero decir actores.

Juan sonrió y le dijo que era muy imaginativo.

El monasterio de San Pedro de Rocas se encontraba en un pequeño valle rodeado de peñascos. Estaba formado por la roca viva en la que se había excavado. Era uno de los más antiguos de Europa que aún se conservaba. Su construcción se remontaba al siglo VI. En su interior había un mapamundi grabado en la roca que daba una idea de cómo se creía que era el mundo en los siglos XII y XIII. Vieron en el suelo unas sepulturas de pequeñas dimensiones. Eso indicaba que se habían efectuado enterramientos de niños.

—Mira, Ángela, ahí dentro podrías caber perfectamente —dijo Marisa señalando las sepulturas.

Ángela intentó sonreír pero le salió una mueca de disgusto. Le molestaba que aludieran a su pequeña estatura.

—Esas dos son más insoportables que Ana —le dijo Daniel a su prima.

Julia se llevó el dedo índice a la boca para indicarle que se callara.

Cuando salieron al exterior, un viento suave trajo consigo un intenso olor a pino. Federico I les anunció que se quedarían descansando un rato.

—Hay una fuente muy cerca de aquí. Yo me voy a mojar la cara y los brazos. Los que queráis refrescaros, podéis venir conmigo —añadió.

Todos lo siguieron como al flautista de Hamelín. Eduardo y Juan hablaban de las ventajas y desventajas de pasar de la vida eremítica a la monástica.

—¡Qué conversación tan divertida! —comentó Daniel con sorna.

Los primos se apartaron del grupo. Julia iba delante. Daniel caminaba sin prisas. Vio que Julia se acercaba a un arbusto y luego se detenía con expresión de asombro.

—¡Eh, Daniel, ven aquí! Quiero que veas algo —gritó su prima.

Él se dirigió adonde estaba Julia. Ella le enseñó una argolla dorada en el suelo que la maleza ocultaba casi por completo.

—¿Cómo la has descubierto? —le preguntó.

—Ha sido por casualidad. Cuando me acerqué a mirar las hojas de este arbusto, me pareció ver un trozo de metal amarillo. Aparté las hojas y entonces la descubrí.

Julia tiró de la argolla. Oyeron un ruido muy fuerte y vieron cómo un peñasco dejaba al descubierto la boca de una caverna.

—¡El peñasco se ha movido! —exclamó Julia.

—¡Debe de ser un pasadizo secreto! —dijo Daniel.

Julia decidió entrar en la caverna. Daniel le pidió que no lo hiciera. Pensaba que podía ser peligroso.

—¡Oh, a ver si aparece el hombre lobo! —se burló Julia.

Cuando llegó a la entrada, animó a su primo a que la siguiera. Apenas dieron unos pasos por el interior de la caverna cuando oyeron el mismo ruido de antes. Entonces, vieron que el peñasco había vuelto a su posición inicial. La boca de la caverna había quedado cubierta por la enorme piedra.

—¡No debimos entrar! ¿Por qué tuve que seguirte? Y ahora, ¿qué hacemos? ¡Tú y tus ocurrencias! —dijo Daniel.

—No te preocupes, saldremos de aquí enseguida. Llamemos a los móviles de nuestros padres y expliquémosles dónde está la argolla para que tiren de ella.

—Me va a ser difícil marcar los números. ¿Tienes cerillas?

—Tengo algo mejor.

Julia buscó en el interior de uno de los bolsillos de la mochila y sacó una linterna. La encendió. Le dijo a su primo que se sentaran en el suelo, uno enfrente del otro. Colocó la linterna en el espacio que quedaba entre ambos para que los dos pudieran marcar los números de teléfono de sus respectivos padres. Marcaron los números varias veces, pero no pudieron comunicarse. Allí dentro no había cobertura.

Daniel experimentaba una mezcla de enfado y angustia. No soportaba estar encerrado. Respiró profundamente y no dijo nada. Julia sintió la punzada del miedo, pero fingió calma.

—En las novelas donde hay personajes que se quedan encerrados en una gruta, los protagonistas siempre encuentran una salida.

—Voy a repetirte una frase que pronunciaste no hace mucho tiempo. Estás hablando de novelas, no de la realidad —replicó Daniel.

—De acuerdo —dijo Julia—. Tú dijiste que debía de tratarse de un pasadizo secreto, y de los pasadizos secretos se sale.

—Los pasadizos secretos los utiliza quien tiene algo que esconder o alguien de quien esconderse. Puede que nos encontremos con esa gente y que no nos dejen salir para que no contemos lo que hemos visto —dijo Daniel.

—¿Siempre tienes que pensar cosas negativas?

Se mostraba ante su primo optimista, pero estaba cada vez más angustiada.

—¿Qué te parece si gritamos? —propuso Julia—. Quizá alguien pase muy cerca de la entrada y pueda oírnos.

«Me parece que Julia ha perdido su sentido común. No van a oírnos», pensó Daniel. Pero como no quería que su prima lo tildara de pesimista, aceptó la propuesta. Cuando ella empezó a gritar, él la secundó. Pedían socorro y se referían a la argolla oculta por la maleza de la que había que tirar. Gritaron hasta quedarse afónicos. No pasó nada. El peñasco seguía inamovible ocultando la abertura.

—Será mejor que exploremos esta cueva enseguida. Quiero salir de aquí lo antes posible —dijo Daniel.

—Pronto estaremos fuera y esto nos parecerá un sueño —comentó Julia, que seguía esforzándose por tener una actitud positiva.

—O, más bien, una pesadilla —apostilló Daniel.

Echaron a andar. Enseguida se encontraron con una encrucijada desde donde partían varias galerías. Aquel cruce de caminos les infundió ánimos. Pensaron que al final de uno de ellos estaría la salvación.

—Mira que si nos encontramos un tesoro —dijo Julia.

—En este momento, prefiero encontrar la salida —repuso Daniel.

—Deberíamos dejar algo aquí —sugirió Julia—. Si la primera galería que vamos a recorrer no da a ninguna salida, tendremos que regresar al punto de partida.

Puede suceder que demos muchas vueltas, nos desorientemos y no encontremos el lugar desde donde parten las otras galerías.

—¿Qué dejamos? —preguntó Daniel.

—Si tuviera pan, dejaría miguitas como Pulgarcito —dijo Julia.

—Esto es serio —la amonestó Daniel.

Ella lo sabía. Quería seguir dando la sensación de que controlaba la situación y que podía permitirse hacer bromas. La verdad era que se sentía tan mal como su primo o incluso peor que él.

—Antes de internarnos por una de estas galerías, podríamos hacer otra cosa —sugirió Daniel—. Estoy pensando que en el interior de la caverna tiene que haber un artilugio como esa argolla de fuera para poder correr el peñasco desde dentro. Tenemos que mirar muy bien los muros, el suelo y el techo próximos a la entrada.

Regresaron al sitio donde habían comenzado su desafortunada incursión y donde habían dado gritos para pedir ayuda. Julia estuvo iluminando el lugar durante largo tiempo, pero no vieron ningún artilugio salvador.

Daniel suspiró desalentado.

—¡Preferiría ser perseguido por Leo y Agustín a estar encerrado aquí dentro!

—Hacía mucho que no los mencionabas —dijo Julia con retintín.

—Pero ¿tú te das cuenta de nuestra situación?

—Saldremos de aquí. Te lo aseguro. Mi padre dice que la oscuridad más profunda es la que precede al amanecer.

—Eso es literatura.

—Bueno, si prefieres, no hay mal que dure cien años.

—Con que dure unos cuantos días es suficiente para acabar con nosotros. No nos queda nada con que alimentarnos.

—Te equivocas, yo tengo una barrita energética, pero como sigas así, no la voy a compartir contigo.

Regresaron al lugar donde se encontraba la encrucijada. Dejaron allí sus mochilas. Daniel empezó a sentirse mejor. Tuvo la esperanza de que al final de alguno de aquellos corredores encontrarían la salida.

—Las mochilas nos servirán como el faro a los navegantes —comentó Julia.

—No me hables de navegantes ni de faros, si no quieres que me acuerde de Leo y Agustín.

Julia sonrió. También ella había recuperado la esperanza. Empezaron a caminar por una de las galerías. Era demasiado estrecha y su techo, muy bajo. Parecía que en cualquier momento se les iba a caer encima. Caminaban inclinados y en silencio, soportando la incomodidad sin ninguna queja. Los dos empezaron a sentir que les faltaba el aire. Al cabo del tiempo, vieron que el camino acababa en un muro.

—No hay que desesperarse. Es nuestro primer intento —dijo Julia.

Regresaron a la encrucijada y penetraron en otra galería. No era estrecha ni parecía que el techo los fuera a aplastar como en la anterior, pero, en cambio, era muy tortuosa. En un recodo del camino, Julia dijo que estaba mareada. Al malestar físico se añadía de nuevo el sentimiento de miedo que había logrado controlar temporalmente. Pidió a su primo que llevara él la linterna. Daniel le aconsejó que se sentara un rato para recuperarse. Los dos acabaron sentándose sobre el suelo de la galería. Julia tenía los ojos brillantes y hacía grandes esfuerzos para que no se le escaparan las lágrimas que pugnaban por salir. Reemprendieron la marcha en silencio. Al cabo de un rato, Daniel dijo:

—Mira, ahí delante hay una rampa que baja. Quizá nos lleve a la salida.

La rampa desembocaba en un pasillo muy largo del que no se veía el final. Anduvieron por él durante mucho tiempo hasta que descubrieron que también terminaba en un muro. Se dieron la vuelta sin decir nada. Subieron la rampa que antes habían bajado y de nuevo recorrieron el camino zigzagueante. Cuando llegaron a la encrucijada, se detuvieron sólo un segundo. Enseguida se internaron por una de las dos galerías que les quedaban por recorrer. El camino era tan sinuoso como el de la galería anterior. Julia sintió que volvía a marearse. Daniel iba delante con la linterna.

—Este corredor no acaba nunca. Me siento como si estuviera dando vueltas en un tiovivo —dijo Daniel.

Pasó mucho tiempo hasta que una vez más se toparon con un muro que indicaba que habían llegado al final del corredor. Regresaron al punto de partida. Ahora sólo les quedaba una galería por recorrer. Julia sintió un nudo en la garganta. Tenía ganas de llorar.

—Tengo sed, pero se me ha acabado el agua —dijo con un hilo de voz.

—Si me das la mitad de tu barrita energética, comparto contigo el agua de mi cantimplora.

Los dos intentaban ocultar la angustia que sentían.

—Hum, no sé. Creo que sales ganando. Mitad de mi barrita de miel y sésamo por un poco de agua...

Daniel sacó su cantimplora de la mochila y Julia su barrita que partió por la mitad. Los dos se preguntaban qué harían si después de recorrer la última galería no encontraban ninguna salida. Julia se sentía muy mal. Los latidos de su corazón parecían redobles de tambor. Se imaginó que su corazón se le salía del pecho y rebotaba por el suelo de la caverna. Abrió la boca para tragar aire. Se ahogaba. «Tengo que librarme de esta horrible sensación como sea», pensó. Cogió la cantimplora. Bebió un trago y dijo a su primo:

—Podríamos descansar un poco antes de recorrer la última galería. En la mochila tengo un libro de leyendas gallegas. ¿Qué te parece si mientras nos tomamos un descanso, me lees una?

—¿Te has vuelto loca? Estamos aquí, encerrados sin saber cómo escapar de esta tumba, y ¿tú quieres que te lea una leyenda?

—Bueno, era una idea —balbuceó Julia.

Daniel se puso de pie. Se sentía exasperado por las palabras de Julia.

—¿Estás de guasa o qué? Yo me voy a recorrer la última galería ahora mismo. Tú puedes quedarte aquí soñando con tus leyendas.

Julia dio un grito:

—Nooo... ¡Por favor, no me dejes sola!

Acabó la frase con un gemido y rompió a llorar. Era un llanto tan desesperado que Daniel se quedó paralizado. No podía creer que Julia, siempre tan entera y enérgica, se hubiera derrumbado. Empezó a hacerse preguntas. ¿Cómo había llegado a ese estado? ¿Había fingido cuando se mostraba optimista? Y él, ¿cómo había podido ser tan egoísta y estar siempre quejándose y autocompadeciéndose? Daniel quería a su prima y no soportaba verla así. Se olvidó de sus propios miedos, de su claustrofobia y sintió que lo más importante era ayudar a Julia. Le acarició la cabeza.

—Tranquila. No me marcho —le susurró.

Julia seguía llorando. El suyo era un llanto exacerbado por el miedo. Daniel no sabía qué hacer. Se dio cuenta de que si le decía cosas del tipo «todo saldrá bien», no cambiaría nada. Tenía que hacer algo para que se tranquilizara. Pensó en lo que ella le había pedido. Él había reaccionado enfadándose y eso fue el desencadenante de su crisis. Volvió a sentirse culpable. ¿Cómo había podido ser tan insensible y no percibir que esa proposición, disparatada por la situación en la que se encontraban, era producto de la desesperación? ¿Qué podía perder, si le leía alguna de aquellas leyendas?, se preguntó. La respuesta era que no perdía nada. Si en la cuarta galería estaba la salida, postergaba durante muy poco tiempo la libertad y la felicidad, y si tampoco en ella había una salida, lo que postergaba era la desolación.

—¿Sabes una cosa?, me parece que me va a gustar leer alguna leyenda —dijo Daniel.

El llanto de Julia no cesaba.

—Creo que puede servirme para distraerme un poco y para relajarme —añadió, como si Julia hubiese dejado de llorar y lo único que le importara fuera su propio bienestar.

Su prima seguía llorando.

—¿Dijiste que tenías el libro en la mochila?

Sin dejar de llorar, Julia asintió ligeramente con la cabeza.

—¿Está en el interior o en los bolsillos? —volvió a preguntar, al comprobar que empezaba a lograr un resultado positivo.

—En uno de los bolsillos laterales —dijo ella hipando. Y, enseguida, agregó—: ¿Me alcanzas los pañuelos de papel que están dentro de la mochila?

Daniel cogió el paquete de pañuelos de papel y se lo entregó. Luego sacó el libro de leyendas y lo abrió. Julia se secó las lágrimas y se sonó la nariz. Cogió la cantimplora. Bebió bastante agua. Daniel leía en silencio e intentaba memorizar una de aquellas leyendas porque había decidido contársela con añadidos de su propia cosecha.

Mientras tanto, ¿qué había sucedido con el resto del grupo? Había regresado al autocar muy animado. Nadie se había dado cuenta de la ausencia de Daniel y Julia. Los últimos en subir fueron Paloma y Federico. Paloma, como hacía siempre después de una excursión, se puso a contar a los presentes.

—¡Faltan dos!
Empezó a oírse un murmullo.
—¿Quiénes son los que faltan?
Leo dijo enseguida:
—Los chicos que se sientan delante de nosotros.
Los padres de Daniel y de Julia se sobresaltaron. Federico los calmó diciéndoles:
—No os preocupéis. Ya ha pasado alguna otra vez que alguien se retrasa. Este lugar tiene un imán. Iré a buscarlos yo solo para ir más rápido.
—¿Podemos bajar a estirar las piernas? —preguntó una mujer.
—Los que bajéis quedaos junto al autocar. No quiero que al regresar con los chicos, me encuentre con que ha desaparecido alguno de vosotros.
Federico les pidió a Paloma y a su tocayo que estuvieran atentos y que no permitieran que nadie se alejara más de lo debido.
Sofía empezó a rezongar:
—Y encima no se les puede decir nada. Cuando quiero darle un consejo a Julia, siempre me sale con que ya no es una niña. Aunque no quieran, hay que seguir vigilándolos como cuando eran pequeños.
—No exageres —intervino Eduardo—. A cualquiera de nosotros nos podría haber pasado lo mismo.
—Tienes razón —lo apoyó Juan—. Yo mismo viví algo semejante hace unos años. Sofía, ¿no te acuerdas de cuando fuimos a las Médulas de León? Me retrasé, y cuando regresé al autocar, tuve que aguantar la reprimenda de Federico y de algunos compañeros de viaje.

La mayoría conocía casos parecidos y empezaron a circular anécdotas. María, la madre de Ana, estaba enfadada. Protestaba porque llegarían tarde al hotel y decía que la culpa de todo la tenían los padres por no vigilar a sus hijos.

—Ana, ¿tú no sabes adónde han podido ir esos chicos? —preguntó.

Su hija negó con la cabeza.

Al cabo de un rato llegó Federico. A los padres de los chicos les dio un vuelco el corazón cuando lo vieron aparecer sin sus hijos. Empezaron a hacerle preguntas sin darle tiempo a que pudiera contestarlas. Federico intentó calmarlos.

—Encontrar a Julia y a Daniel llevará más tiempo del que había pensado, por eso he regresado. Creo que sería mejor que los buscáramos entre todos.

Sofía empezó a llorar. Irene se contuvo y cogió el brazo de su hermana. Los padres sentían un nudo en la garganta.

—Nos dividiremos en dos grupos —dijo Federico—. Unos irán con Paloma y otros, conmigo. Paloma y yo nos mantendremos en contacto con los *walkie-talkies*. El grupo que los encuentre avisa al otro grupo por el *walkie-talkie* y, entonces, todos regresamos al autocar.

Llegaron al lugar donde estaba la fuente. Los rayos de un sol rojizo se filtraban por entre el tupido follaje. Parecía un bosque de cuento. Alguno se sintió culpable por disfrutar de aquel lugar en unas circunstancias tan poco apropiadas para experimentar alegría.

—¡Si alguno de nosotros tuviese un sexto sentido...! —suspiró Juan.

De pronto, Agustín se acordó de la última vez que vio a Daniel y Julia.

—Cuando estábamos junto a la fuente, los chicos subieron por aquel sendero —dijo señalando el camino.

Dentro de la cueva, Julia había apoyado su cabeza en el hombro de su primo. Tenía los ojos cerrados y el ritmo de su respiración se había normalizado. Daniel le preguntó si se sentía mejor. Ella afirmó con la cabeza. Entonces le preguntó si le gustaría que en lugar de leerle una leyenda, se la contara con sus palabras. Julia volvió a asentir. Él le dijo que había memorizado una leyenda titulada *El agujero del infierno*.

—Voy a introducir algunas variantes y añadidos —le explicó.

Eligió una fórmula tradicional para comenzar a narrar:

—Había una vez un viejo estafador que tenía una fortuna gracias a sus fechorías —dijo con voz cálida—. Era procurador, o sea que representaba a otra persona para hacer cosas en su nombre, por lo general en juicios. El viejo se valía de diferentes trucos para estafar a sus clientes. Por ejemplo, decía que un caso llevaba más tiempo del que en realidad le llevaba u ocultaba documentos que tenía en su poder y que podían ser decisivos. El demonio se llevó su alma al infierno apenas dejó de respirar. Uno de los últimos clientes del viejo estaba desesperado. El procurador se había muerto sin haberle devuelto unos papeles que necesitaba para no quedar en la ruina. Una tarde en la que estaba quejándose de su mala suerte, se le apareció un hombre pequeñito con dos mulas y le dijo que estaba allí para ayudarlo, que confiara en él.

»—Súbete a una de las mulas —le ordenó.

»El hombre pensó que, en la situación en la que se hallaba, lo mejor era tener fe y sin más demora se subió a una de las mulas. Entonces realizó el más fantástico viaje que se pueda imaginar. A una velocidad de vértigo fue conducido al mismísimo infierno. El procurador se retorcía dentro de una caldera. El viejo reconoció enseguida a su cliente. Era una de sus últimas víctimas. Arrepentido, le reveló dónde había escondido sus papeles.

»—Los hallarás en el techo de mi casa, contando hasta la tercera viga a partir de la puerta —dijo lastimeramente y sin dejar de contorsionarse.

»El antiguo cliente se sintió tan agradecido que por un momento olvidó que el procurador había sido el causante de sus males. Cuando se dispuso a regresar al mundo de los vivos, el hombre pequeñito había desaparecido. Miró hacia arriba y vio al Apóstol Santiago que le tendió una cuerda para que subiera por ella hasta la superficie de la Tierra. El hombre comenzó a subir con rapidez, pero a medida que avanzaba se sentía más cansado. Cuando por fin logró salir de aquel agujero infernal, el hambre y la fatiga se habían apoderado de él. Como aún le quedaban algunas monedas en el bolsillo, se dirigió a una taberna.

Una vez dentro arrojó las monedas en el mostrador y preguntó:

»—Tabernero, ¿qué podéis darme por este dinero?

»El tabernero se acercó. Miró asombrado aquellas monedas y dijo:

»—Amigo, no puedo darte nada.

»—¿Por qué?

»El tabernero respondió:

»—O tú eres un pobre loco o quieres pasarte de listo. Esas monedas están fuera de circulación desde hace cien años.

»Lo que acababa de oír lo dejó perplejo. A modo de excusa dijo:

»—Es que acabo de llegar de un viaje.

»—Sí que ha sido largo tu viaje —rio el tabernero, convencido de que aquel hombre estaba loco.

»Un parroquiano, que escuchaba divertido, le dijo:

»—Quizá eres el holandés errante que atraviesa los siglos con su barco.

»El hombre se quedó callado.

»Otro parroquiano comentó:

»—A no ser, amigo, que vengas del mismísimo infierno.

»Todos los presentes prorrumpieron en carcajadas. El hombre salió del bar y se dirigió a la casa del viejo procurador. Estaba abandonada y las telarañas pendían del techo. Afortunadamente, encontró los papeles en el lugar que el viejo le había dicho. Gracias a ellos se convirtió en el heredero de una inmensa fortuna. El hombre siguió viviendo muchos años una vida tranquila como si nada sobrenatural le hubiera pasado. Y así termina el cuento del agujero del infierno.

—¡Qué bien lo has contado! —exclamó Julia, que ya mostraba la animación habitual.

Enseguida agregó:

—¿Te acuerdas de *La llamada de lo salvaje* de Jack London?

—¡Cómo no me voy a acordar! Fue nuestra novela favorita cuando teníamos once años, pero la historia que te acabo de contar no tiene nada que ver con esa novela.

—Ya lo sé. Hice una asociación. Me acordé de que Buck, el protagonista, oye una llamada que tiene que ver con su pasado, con lo que él es.

—¿Y?

—Me pareció que sentías la llamada del pasado, me refiero a tu afición a la escritura. Contaste la leyenda inventando variantes que encajaban perfectamente. En lugar de la llamada de lo salvaje, tú pareces haber sentido la llamada del escritor.

Daniel le dio las gracias. Luego, le preguntó si ya se encontraba con fuerzas para recorrer la última galería.

—Sí, no te preocupes. Podemos internarnos por la cuarta galería enseguida, pero antes, por favor, dime algo sobre el holandés errante. Yo no sé nada de esa leyenda. ¿Dónde la has leído?

—Tengo que reconocer que eso se lo debo a mi madre, a su pasión por la ópera. Fui a ver *El holandés errante* de Wagner y ahí me enteré de la leyenda en la que el compositor se inspiró. El holandés errante es el capitán de un barco fantasma. Sobre él pesa una maldición que lo condena a navegar eternamente. Cada siete años puede regresar a tierra durante un breve periodo de tiempo. Sólo se podrá liberar de la maldición si encuentra a una mujer que lo ame y le sea fiel hasta la muerte.

—¿Y la encuentra?

Cuando Julia terminaba de hacer la pregunta, de nuevo se oyó un estruendo. La luz del atardecer se filtró en la gruta y se oyeron gritos:

—¡Daniel! ¡Julia! ¡Estáis aquí!

El grupo guiado por Federico acababa de penetrar en la caverna. Los padres de Daniel y Julia, que se encontraban en ese grupo, corrieron a abrazar y a besar a sus hijos. Julia volvió a llorar, pero esta vez de felicidad. Daniel, emocionado, mantuvo el tipo, pero tenía tantas ganas de salir que gritó:

—¡Por favor, salgamos de aquí!

—¡Sí, salgamos! —exclamó Julia.

Cuando se encontraron en el exterior, respiraron profundamente. Estaban emocionados. Poder volver a ver el cielo y la naturaleza, aspirar el olor de los pinos les pareció un milagro.

Federico había tomado precauciones. Había pedido a algunos senderistas que esperasen junto a la argolla. Cuando los que se hallaban fuera vieron aparecer a Julia y a Daniel, los vitorearon como a héroes. Federico tuvo que poner un poco de orden y recordarles que debían regresar inmediatamente al autocar porque llevaban mucho retraso. Tenían un largo recorrido hasta llegar al hotel.

Una vez dentro del autocar, Federico ofreció el micrófono a Julia y a Daniel para que contaran más tranquilamente y desde el principio todo lo que les había sucedido. Después de oírlos, decidió que informaría a las autoridades locales de la existencia de aquella caverna y de la argolla con la que se conseguía mover el peñasco.

—Habéis tenido suerte —dijo a los primos—. Si no fuera por Leo y Agustín, no sé si ahora estaríais entre nosotros.

—¿Qué quieres decir? —le preguntó Daniel.

—Que fueron Leo y Agustín quienes descubrieron la argolla. Los demás habíamos pasado delante de ella, pero no la vimos porque la maleza la oculta casi por completo.

Daniel y Julia, después de darles las gracias efusivamente, les preguntaron cómo descubrieron la argolla. Agustín dijo que pensaba que la habían descubierto por casualidad y que eso era todo.

—¿Por qué no les dices la verdad? —preguntó Leo.

Agustín permaneció callado.

Daniel les preguntó:

—¿Cuál es la verdad?

—La verdad es que estamos acostumbrados a darnos cuenta de ciertos detalles que otros no perciben. Somos adictos a las novelas de detectives que enseñan a afinar la observación y descubrir pistas.

Hizo una pausa y retomó la palabra:

—Los que nos dedicamos al crimen tenemos que conocer cómo actúan nuestros enemigos para que ellos no nos descubran a nosotros —dijo Leo burlón, y acabó con una risita que a Daniel le pareció odiosa.

Julia estaba inquieta. Su fortaleza, en la que siempre había creído, le había fallado. Se preguntaba si su fe y optimismo serían aparentes. Aún no conocía la respuesta. Por el momento, sólo sabía una cosa: que no era tan fuerte como había creído ser o como había querido creer. Estaba sumida en esos pensamientos cuando llegaron al hotel. Los primos acostumbraban a subir por las escaleras para llegar al piso en el que se encontraban las habitaciones dobles de sus padres y las individuales de cada uno ellos. Sin embargo, esa noche subieron en el ascensor. Cuando salieron, Julia dirigió su mirada hacia abajo. La moqueta roja que cubría el suelo acusaba el paso del tiempo. La invadió la tristeza. Sentía decepción por lo que acababa de descubrir de sí misma.

Durante la cena, Julia dijo que le hubiera gustado saber si la galería que no habían recorrido acababa en un muro, igual que las otras, o si comunicaba con el exterior.

—A mí, lo que me gustaría saber es qué decidirán las autoridades locales —dijo Juan—. Si quitan o no el artilugio de la argolla, si dejan la gruta abierta o deciden cerrarla, si las investigaciones permiten encontrar documentos que hablen sobre la historia de esa caverna, sobre quienes se refugiaron en ella. En fin, muchas cosas.

Entonces intervino Federico:

—Ahora no podemos saber nada de eso. Quizá dentro de un tiempo, sí. Por el momento cada uno de nosotros puede dejar volar su imaginación y dar el desenlace que prefiera. O mejor, dada la hora que es, convendría que ahora nos entregásemos a los brazos de Morfeo, el dios del sueño. Mañana, el autocar se marcha a las nueve y esta vez voy a ser muy estricto. El que no sea puntual, se quedará en Ourense.

TRES

Esa mañana, Julia se despertó más animada, aunque le costó levantarse. Cuando sonó la alarma del despertador, estaba soñando que se encontraba con Diego. En el sueño, llevaba un vestido blanco con un estampado de flores. Diego le decía que estaba muy guapa. El vestido del sueño existía en la realidad. Lo había comprado la semana anterior. Aún no lo había estrenado. Pensó que se pondría ese vestido cuando fuera a verlo por la tarde.

Después de desayunar, debían sacar el equipaje de las habitaciones. Los primos se sentaron en el bordillo de la acera, junto al autocar, mientras esperaban al resto de los pasajeros.

—¿Te acuerdas de lo que respondió Leo cuando pregunté cómo habían encontrado la argolla? —le preguntó Daniel.

—Dijo que estaban acostumbrados a fijarse en detalles porque leían muchas novelas de detectives. ¿Qué tiene de raro? ¿Acaso tú no lees novela policíaca? La tía Irene se queja porque dice que es lo único que lees últimamente.

—No me lo recuerdes, que me pongo enfermo. Cuando estoy en el momento de máximo suspense, aparece mi madre y empieza con la cantinela de siempre.

Daniel imitó el tono de su madre:

—¿Por qué no lees otro tipo de libros? Yo a tu edad ya había leído a Flaubert.

Y luego, volviendo a su tono habitual, exclamó:

—¡Flaubert a los quince años, eso sí que es una rareza! Pero no es de ella de quien quiero hablar.

—Ya sé. Otra vez estás buscando los tres pies al gato.

—Los complicados son ellos, no yo. Te has olvidado de que Leo también dijo que quienes se dedican al crimen tienen que conocer cómo actúan sus enemigos.

—Estaba siguiendo la broma que comenzó cuando hablaron de la *digitalis purpúrea*.

—Sí, bromean para despistarnos. Si fueran criminales, no harían ese tipo de bromas, ¿verdad? Eso sería lo que pensarían los policías de *La carta robada*...

—No sigas. Ya sé lo que vas a decir. Daniel, a mí no me gusta que hables mal de quienes nos han salvado la vida.

—Si supieras que quien te ha salvado la vida es un asesino en serie, ¿lo dejarías en libertad?

—Ésa es una pregunta tramposa.

—De acuerdo. Te hago otra pregunta. ¿Por qué crees que fueron ellos los únicos que vieron la argolla?

—No fueron los únicos. Yo la vi antes.

—Tú eres muy curiosa y te gustan mucho las plantas. Te acercaste a un arbusto para verlo mejor, por eso la descubriste. Hasta estuve pensando que podían conocer ese pasadizo secreto.

—¡Oh, no, por favor! La vieron por casualidad o porque son muy lectores. Y no me refiero sólo a los libros de detectives. Tú sabes que la lectura desarrolla la imaginación y la observación.

—Pero...

Su prima lo interrumpió y con mirada severa le dijo:

—Acuérdate de lo que te dije sobre la llamada del escritor. Debes orientar tu fantasía hacia los caminos de la creación.

—¡Todos al autocar! —gritó Federico.

Durante el trayecto a Padrón, vieron los *cruceiros* que se encontraban en los centros de las plazas o en las encrucijadas. Les llamaron la atención unos graneros construidos sobre pilares que se llamaban hórreos y que servían no sólo como almacén de grano, sino también como secadero.

Julia pensaba una y otra vez en que esa tarde se vería con Diego. Esperaba no encontrarse con Ana. Recordó el gesto de la chica cuando se quitaba la goma elástica y, sobre todo, se acordó de su melena precipitándose sobre la espalda como una catarata dorada.

Julia llevaba el pelo corto. Sabía que le quedaba bien, pero ahora añoraba su larga caballera. «¿Qué me está pasando? ¿Me siento débil como Sansón por culpa de Ana-Dalila?», se preguntó. Sacudió la cabeza como si quisiera alejar cualquier pensamiento de debilidad. Decidió concentrarse en lo que decía el guía local. Les estaba explicando que primero visitarían la casa museo de Rosalía de Castro, luego irían a la iglesia de Santiago y, finalmente, se acercarían a la fuente del Carmen, donde en la parte superior había un relieve sobre la traslación del apóstol.

—Desafortunadamente, no podré acompañaros. En Padrón debo hacerme cargo de otro grupo de viajeros. Antes de despedirme, quiero deciros que espero que os hayáis sentido tan bien conmigo como yo con vosotros.

A Juan le invadió un leve sentimiento de culpa y empezó a aplaudir. El resto del grupo lo secundó.

Cuando el guía se marchó, a todos les pareció que había demasiado silencio.

Federico I volvía a llamarse Federico a secas después de la partida Federico II *el Batallador*. En el trayecto a la casa museo de Rosalía de Castro les dijo que, después de las visitas concertadas, tendrían una hora libre.

—Los que quieran pueden venirse conmigo a comer pimientos de padrón y tomar un buen vino gallego —dijo—. Quienes se apunten que levanten la mano.

Todos levantaron la mano, menos Agustín y Leo. Daniel propuso a Julia que no fueran a comer los pimientos de padrón y que siguieran a los dos hombres. Ella le dijo que, después de la aventura de la cueva, no sería fácil que los dejaran marchar solos. Entonces, su primo se dirigió hacia donde estaban los dos hombres y les preguntó qué pensaban hacer.

—Recorreremos la villa. Somos muy curiosos. Nos gusta descubrir los rincones secretos de cada lugar —explicó Agustín.

Leo dijo mirando a los primos:

—Vosotros dos no os despistéis. No hay que desafiar a la suerte más de una vez.

A Daniel le pareció que Leo había pronunciado la frase con un tono de amenaza.

La visita a la casa museo de Rosalía de Castro emocionó a Julia. La escritora gallega había vivido sus últimos años en esa casa. Le parecía que el alma de Rosalía impregnaba el lugar. Sofía le dio dinero para que comprara un recuerdo. Julia se dirigió adonde vendían los libros de la autora. Compró el poemario *En las orillas del Sar*. Cuando le estaban dando el cambio, se le acercó Ana. Le dijo que ella había comprado el mismo libro porque conocía algunos de los poemas de *En las orillas del Sar* y le gustaban mucho. Le sorprendió que la chica de la melena de anuncio se expresara con tanta amabilidad sin estar presente Diego.

—Creí que no te gustaba la poesía. Cuando quise prestarte unos libros de poemas, rechazaste mi ofrecimiento.

—Sí que me gusta, pero en ese momento tenía ganas de leer otra cosa. Te puedo recitar un montón de poemas. Tengo una memoria muy buena.

De pronto, Julia se alarmó. «Debo huir de Ana antes de que acabe haciéndome amiga suya y le cuente que esta tarde vamos a ver a Diego. No quiero que nos acompañe», pensó.

—¿Me estás escuchando? —le preguntó Ana, que seguía hablando sin que Julia se enterase.

—Sí —respondió mecánicamente.

Hubiera preferido que Ana se comportara como antes. Julia se sentía mal. ¿No podía ser capaz de sobreponerse a los celos?

—¿Sabes de quién es: *Raíces y alas. Pero que las alas arraiguen y las raíces vuelen?*

—Mira, ahora no tengo ganas de jugar a las adivinanzas. Quiero seguir disfrutando de este lugar —dijo Julia con tono displicente y se despidió.

Mientras tanto, Daniel hacía el recorrido por la casa museo muy concentrado en todo lo que veía. Se detuvo a leer algunos escritos de la autora que habían sido enmarcados y colgados en las paredes. Estaba en el primer piso. Se acercó a una ventana que daba al jardín de la casa. Vio que su prima se detenía ante una mujer a la que parecía preguntarle algo.

Julia estaba averiguando el nombre de una flor. Finalmente supo que se trataba de una gardenia. Se preguntó si habría gardenias cuando vivía la escritora y recordó un poema en el que decía que las plantas, las fuentes y los pájaros murmuraban de ella y de sus sueños.

Después de la visita a la casa museo, se dirigieron hacia el paseo de El Espolón. Bajo la sombra de unos plátanos de profuso follaje, caminaron sin prisas. En un extremo del paseo había una estatua de Rosalía de Castro y en el otro, una de Camilo José Cela. Soplaba un viento suave. A Julia le gustó fantasear con la idea de que ambos podían mantener una conversación gracias al viento que se encargaba de llevar de un extremo a otro sus palabras. Antes de dejar atrás El Espolón, Julia miró con detenimiento la estatua de Rosalía de Castro. Llevaba una capa, un libro en la mano, y tenía una mirada soñadora que parecía perderse entre las hojas de los plátanos.

Por la tarde llegaron a las dunas de Corrubedo. La mayoría llevaba el bañador debajo de la ropa, y esta vez también Daniel lo tenía. Su madre le había comprado uno en Padrón. Cuando caminaban sobre la arena, pasaron junto a un grupo de gaviotas. Federico les explicó que las gaviotas eran unas aves gregarias con un complejo sistema de comunicación. Les señaló una gaviota que alzaba el vuelo y les dijo que se trataba de una gaviota reidora. Todos miraron a Ángela como si Federico hubiera hablado de un familiar suyo.

—Los que no quieran meterse en el agua pueden descansar en la playa o pasear por los alrededores, pero sin alejarse demasiado —les advirtió Federico.

Julia le propuso a su primo que se fueran a nadar.

—Uno de los dos tiene que quedarse en la playa porque Agustín y Leo han extendido unas toallas sobre la arena y han sacado hojas y bolígrafos —explicó Daniel.

Julia dijo que ayudaría a su primo, a pesar de que pensaba que no era necesario vigilar a Leo y Agustín. Sabía que Daniel tenía ganas de nadar desde que habían estado en el lago de Sanabria, así que ella se quedaría en la playa.

—Te lo agradezco de veras. Ahora atiende a lo que te voy a decir. Tienes que poner la esterilla cerca de ellos. Finges que estás muy cansada y bostezas. El hecho de que te vean medio dormida ayudará a que no sospechen de ti. Luego te levantas con cara de estar grogui y corres la esterilla como si quisieras colocarla mejor para que los rayos del sol te den directamente en la cara, y es en ese momento cuando pones la esterilla casi pegada a donde están ellos. Luego te echas y te haces la dormida.

—¿Y si me preguntan por qué me pego a ellos?

—Bromeas. Le dices que quieres que te protejan de algún reptil que podría reptar sobre la arena e intentar atacarte cuando estés dormida.

—¡Ja, ja, qué gracioso! —exclamó Julia, molesta—. Eso no te atreves a decirlo tú. Vete ya, si no quieres que me arrepienta.

Daniel se marchó. Ella extendió la esterilla sobre la arena. Enseguida, tal como le había indicado su primo, fingió que quería que le diera mejor el sol y acabó situándose junto a Leo y Agustín. Julia pudo oír lo que estaban diciendo en aquel momento los dos hombres.

Agustín:

—Me imagino las rocas recortándose contra el cielo oscuro, iluminado fugazmente por la luz de los relámpagos, y el barco dirigiéndose hacia la costa. El capitán y la tripulación verán una señal luminosa y creerán que es la luz del faro. Todo sucederá muy rápido. Encontrarán la muerte en el acantilado.

Leo:

—¿Y qué pasará entonces con los tripulantes que luchen contra las olas, intentando salvarse? ¿Les pegarán un tiro?

Agustín:

—¿Qué dices? Me extraña que se te ocurra algo tan fácil y a la vez tan peligroso. La policía vería el orificio de bala. El médico forense descubriría que los hombres habían sido asesinados cuando hiciera la autopsia a los cadáveres.

Leo:

—¿Entonces?

Agustín:

—No representará ningún problema. Intervendrá la banda de *El Músculos* y...

Leo:

—Los molerán a palos.

Agustín:

—Pero ¿qué te pasa? Me estás preocupando.

Leo:

—Ja, ja. Te lo he dicho aposta. Ya sé que aún sería más fácil de descubrir.

Agustín:

—¡Uf, no me digas cosas así cuando nos queda tan poco tiempo!

Leo:

—Sigue hablándome de los muchachos de la banda de *El Músculos*.

Agustín:

—Con guantes de goma, empujarán hacia el fondo del mar a quienes intenten sobrevivir. En unos segundos estarán haciendo compañía a los peces.

Leo:

—¡Qué espectáculo tan impresionante! ¡El ruido del barco al chocar contra las rocas, los gritos de los hombres, las olas altísimas, el cielo negro cruzado por ráfagas de luz!

Agustín:

—¡Sí, y las caras aterrorizadas de los hombres chorreando agua, caras oscuras como la negra noche, sólo iluminadas a intervalos por la luz de los relámpagos! Los hombres engullidos por el agua, los trozos del barco saltando por los aires, las escarpadas laderas batidas por olas gigantescas y el faro Vilán, testigo mudo del horror. La niebla será cada vez más densa. Los raqueros parecerán monstruos escarbando en los restos del naufragio, y cuando llegue el día y la niebla desaparezca, ¿qué es lo que se verá?

Agustín hizo una pausa y luego siguió hablando con vehemencia:

—Cuando el litoral recobre su aspecto de fiordo y la naturaleza, las casas, todo vuelva a verse con nitidez bajo la luz del sol, algunas personas gritarán y se lamentarán por los pobres desgraciados que han naufragado frente a las costas del cabo Vilán. Acudirán al faro y el farero estará muerto.

Leo:

—A ver si recuerdo bien todos los pasos. Antes de hacer naufragar el barco, hay que matar al farero. Entre varios lo sujetarán, le abrirán la boca y ayudados con un embudo lo obligarán a ingerir una gran cantidad de *digitalis purpúrea*.

Agustín:

—Así es, y como no deja rastros en el organismo, creerán que murió de muerte natural.

A pesar del calor, Julia sintió como si una corriente helada le recorriese el cuerpo. Se estremeció.

Agustín agregó:

—Felipe me confirmó lo que ya sabíamos: que según el pronóstico meteorológico, el jueves habrá tormenta. Saldremos a las doce de la noche. A esa hora, Felipe nos recogerá con su coche.

«No quiero oír nada más. Voy a fingir que me despierto», pensó Julia. Se incorporó. Bostezó y estiró los brazos.

—¡Hola! —saludó con aspecto soñoliento y entrecerrando los ojos.

Los hombres respondieron a su saludo y Agustín comentó:

—¡Qué siesta te has echado!

—¡Ah, sí!

Julia no pudo decir nada más. Le costaba sonreírles. No era fácil disimular el horror que le inspiraban. Vio a su primo salir del agua. Corrió hacia él al mismo tiempo que lo llamaba y le hacía señas muy agitada. Daniel aceleró el paso y cuando estuvo junto a ella le preguntó qué ocurría.

—Son peores de lo que suponías —le dijo con la respiración anhelante—. Son unos morbosos. Disfrutan pensando en muertos, naufragios y asesinos musculosos.

Julia le contó todo lo que había oído.

—Lo único que no entendí —añadió— fue cuando Agustín mencionó a unos hombres que se encargarían de robar el barco naufragado. Empleó una palabra que no conozco y que ahora no recuerdo.

—Esos dos son unos pájaros muy peligrosos. No se trata de gaviotas reidoras sino de buitres —dijo Daniel con tono de preocupación.

Julia se sentía muy mal. No quería estar invadida por el miedo. Recordó unos versos y los declamó extendiendo el brazo derecho hacia delante:

¡Pensamientos de alas negras!, huid, huid azorados,
como bandada de cuervos por la tormenta acosados,
o como abejas salvajes en quien el fuego hizo presa;
dejad que amanezca el día de resplandores benditos
en cuya luz se presienten los placeres infinitos...
¡y huid con vuestra perenne sombra que en el alma pesa!

¡Pensamientos de alas blancas!, ni gimamos ni roguemos
como un tiempo, y en los mundos luminosos penetremos...

Bajó el brazo y se calló.

—Me gusta, ¿quién es el autor de esos versos?

—La autora —lo corrigió ella—. Es un poema de Rosalía de Castro.

Julia estaba muy impresionada. Daniel le dijo que se tranquilizara y afirmó enfático:

—Leo y Agustín no lograrán lo que se proponen. Conseguiremos que la policía los meta en chirona.

—Podríamos llamar desde aquí. ¡Que los cojan ahora mismo!

—¿Ahora? ¿Por qué los van a coger ahora? ¿Por tomar demasiado sol? Tienen que encontrar pruebas de su culpabilidad.

—¿Qué pruebas de culpabilidad deben encontrar? ¿Los cadáveres de la gente que iba en el barco y el farero envenenado?

—Tranquilízate. No habrá ninguna víctima. Le contaremos a la policía cuáles son sus planes y cuándo los llevarán a cabo. Los sorprenderán *in fraganti*.

—¿Cómo harán para evitar que haya víctimas?

—No soy adivino. Quizá se oculten dentro del faro y los cojan cuando estén sujetando al farero. O quizá antes, cuando intenten penetrar en el faro. Descubrirán las armas y a sus cómplices.

—¿Qué armas? —preguntó Julia.

—No me cabe ninguna duda de que llevarán consigo armas de fuego. Cuando los polis los registren, además de las armas, encontrarán la *digitalis purpúrea*. La presencia de la banda de *El Músculos* será otra prueba de que no estaban tramando nada bueno. Es casi seguro que todos o la mayoría de sus miembros están fichados por la policía.

—Vamos a contárselo a nuestros padres.

—Tú estás loca. Van a decir que son imaginaciones nuestras.

—Ellos saben que yo soy más realista que tú, quiero decir...

—Está bien. No hace falta que me des explicaciones.

—Cuando les cuente todo lo que oí en la playa, me creerán.

—Si te creen, será peor. Ya me imagino el escándalo que armarán. Opinarán que hay que llamar a la policía enseguida. Además, seguro que se lo dirán a Federico y acabarán sabiéndolo todos. La noticia llegará a los oídos de esos dos; entonces, no harán nada. Y tú también serás tildada de fantasiosa.

—¿Quieres decir que no cometerán el crimen del faro?

—Así es.

—¡Qué bien!

—Ay, Julia, yo siempre te he creído muy inteligente, pero me estás decepcionando. Esa gente no matará ahora, pero seguirá matando y nosotros desperdiciaríamos una oportunidad de oro si no aprovecháramos toda la información que tenemos para que los descubran. Tienes que prometerme que no les dirás nada a nuestros padres.

—Puede que tengas razón, pero no me gusta la idea de ocultarles algo tan importante.

—No se lo ocultaremos. Les contaremos todo apenas esos dos den con sus huesos en la cárcel. La policía podrá cogerlos si seguimos mi plan.

Julia se sentía confusa. ¿Debía prometerle algo que no estaba segura de poder cumplir?

Daniel conocía a su prima. Tenía que idear algo para convencerla.

—¿Qué te parece si se lo contamos a Diego? Quizá él pueda ayudarnos —añadió oportunamente.

—Oh, me parece una idea muy buena. Al no haber vivido todo esto, puede que vea con más claridad qué nos conviene hacer.

—Aún no me has prometido que no se lo dirás a nuestros padres.

Julia acabó prometiéndole que no les diría nada.

—Me gustaría que Diego nos acompañara hasta el faro la noche en que esos dos se dirijan allí.

—¿Quieres seguirlos hasta el cabo Vilán? —preguntó Julia.

—Por supuesto. Yo no me pierdo la caza de esos pájaros.

—Es peligroso.

—No te preocupes. Todo saldrá bien.

—Sí, todo saldrá bien —dijo Julia, y se propuso dar cabida sólo a los pensamientos de alas blancas.

Paloma se les acercó para anunciarles que ya era la hora de volver al autocar. En el camino de regreso, Julia se fijó en las huellas que habían dejado sobre la arena los pies palmeados de las gaviotas. Esas huellas, que muy pronto se borrarían, le hicieron pensar en la fugacidad de la vida.

El hotel de Corcubión les gustó mucho. Estaba situado enfrente de la ría. Permanecerían en él tres noches. Tuvieron que bajar el equipaje y esperar a que les dieran la llave de la habitación. Cenarían a las nueve. Les quedaban casi dos horas libres. Daniel llamó por teléfono a Diego:

—Mirá vos, ¡qué casualidad!, estoy a dos casas del hotel en el que ustedes se alojan —comentó Diego.

—¡Genial! Nosotros acabamos de llegar. Tenemos que contarte algo muy importante.

En diez minutos se reunirían en la puerta del hotel. Julia se puso el vestido nuevo. Diego propuso que fueran a unos bancos que había muy cerca, en el paseo que daba a la ría, donde podrían sentarse y charlar tranquilos. El muro que separaba la playa del paseo tenía azulejos andaluces igual que los bancos en los que se sentaron. Se dieron cuenta de que a Diego le pasaba algo. Estaban deseosos de contarle todo lo referente a Leo y Agustín, pero los sorprendió la expresión de tristeza del chico. Julia le preguntó qué le pasaba.

—Un amigo de Buenos Aires me envió por e-mail parte de un artículo que se publicó hace unos días en el diario de más tirada de mi país. Lo imprimí para enseñárselo. Aunque conozco muy bien la realidad de la que habla, siempre me duele leer sobre esas cosas.

—¿De qué se trata? —le preguntó Julia, interesada.

—Del asunto de los cartoneros.

—¿Quiénes son los cartoneros?

—¿No saben nada de ellos?

—No —dijeron al unísono Julia y Daniel.

—Se trata de un fenómeno doloroso —explicó Diego—, que está relacionado con la miseria en la que se encuentra una parte del pueblo. Mucha gente debe meter la mano en los tachos de la basura para sobrevivir. Perdón, ustedes dicen cubos, ¿verdad?

—Sí, pero no te preocupes que se entiende. ¿Qué clase de personas son los que escarban en los cubos de la basura? —preguntó Julia.

—Son personas que se han quedado sin trabajo, han perdido sus casas y todo lo que tenían. Buscan en la basura lo que pueda venderse para reciclar: cajas de cartón y cualquier tipo de papel. Rompe el corazón ver a familias enteras cartoneando, sobre todo a los chicos. Les pagan por kilo. Jóvenes, viejos y niños dependen de los pocos pesos que les dan.

Diego hizo una pausa. Inspiró profundamente como si necesitara más aire para poder seguir hablando de ese tema.

—Se ha empezado a organizar un circuito de carga y descarga de cartones para que moleste lo menos posible a los vecinos.

—¿Se han quejado? —preguntó Julia.

—Sí. Esperá que te lea lo que dice un vecino.

Diego sacó del bolsillo de su chaqueta el papel que había impreso y empezó a leer:

—*Cuando se van dejan todo hecho un desastre. Para colmo rompen todas las bolsas y cuando pasan los recolectores no pueden levantar los residuos.* Y otro artículo dice: *Es imposible pasar cuando están pesando la mercadería. Las bolsas ocupan todo lo ancho de la vereda. Hay como mínimo 50 metros de cola. Muchos siguen separando los residuos mientras esperan. El barrio termina lleno de mugre después de las diez de la noche.*

Diego dobló el papel y lo volvió a guardar.

—Hay cooperativas que los ayudan —explicó—. En ellas colaboran adolescentes y jóvenes. Además de ayudar a los otros, se ayudan a sí mismos, porque gracias a esa colaboración han conseguido becas para seguir estudiando.

Hizo una pausa. Daniel y Julia lo escuchaban con esa mezcla de vergüenza y culpa que se siente frente al relato de la pobreza ajena. Ellos vivían cómodos y lejos de esa realidad, ni siquiera sabían lo que era ganarse un dinero de bolsillo haciendo algún trabajo ocasional.

—Esa red de ayuda —prosiguió Diego— ha permitido que mucha gente pueda comer y que se sienta acompañada. No hay peor cosa que sentirse solo cuando se pasa mal. Ya se pueden imaginar lo que es carecer de todo y no tener a nadie.

Les costaba imaginarse en una situación semejante porque estaban acostumbrados a tener resueltas muchas más cosas que las imprescindibles. Daniel se avergonzó de sí mismo al recordar que él se había sentido desgraciado porque ese año sus padres no podían pagar unas vacaciones más largas.

—También el cartoneo ha dado lugar a la creación —Diego hablaba más animado—. A mediados de 2002, tres amigos escritores y artistas plásticos que vendían papas y cebollas para sobrevivir compraron cartón, lo cortaron, confeccionaron libros escritos con sus propios textos o de gente amiga, pintaron las tapas y listo: del productor al lector. Empezaron vendiendo libros en los lugares donde sabían que se reuniría mucha gente. Luego abrieron un local. Ahora también fotocopian textos cedidos por autores reconocidos.

Se hizo un silencio. Los tres estaban ensimismados. Los primos pensaban en todo lo que tenían y no apreciaban.

—Creo que he hablado demasiado —se disculpó Diego y les sonrió después de mucho tiempo.

Era una sonrisa luminosa y cálida.

—Ustedes tenían que contarme algo importante —recordó.

Entre Julia y Daniel le contaron todo lo que sabían de los proyectos criminales de Leo y Agustín.

—Hay algo que no entiendo. Si lo que esos dos quieren es robar y asesinar, ¿por qué hacen un viaje de senderismo?

La pregunta los sorprendió. No habían reparado en ello. Antes de que pudieran reaccionar, oyeron la posible respuesta.

—Quizá sea para tener una coartada. ¿Quién puede sospechar de dos señores que hacen un viaje desde Madrid en autobús con una agencia de senderismo? Pero hay más cosas que no termino de entender.

Diego se quedó callado y a los primos les pareció que quería reflexionar, así que ellos también permanecieron en silencio. Julia sintió que el de Diego no era un silencio del que ella y Daniel quedaran excluidos sino que, por el contrario, ellos también podían habitarlo. «Fortalece el corazón estar junto a él», pensó.

—No sé —dijo de pronto Diego—. Esos hombres tienen que estar muy enfermos mentalmente para poder hablar así, sin preocuparse de que puedan ser escuchados. Existen casos de enfermos mentales que consideran normal matar y que incluso piensan que los otros están en deuda con ellos, por eso no sienten ninguna compasión hacia sus víctimas. Son muy peligrosos.

Julia no lo había escuchado. Estaba distraída. Pensaba que le gustaban los ojos oscuros de Diego, su mirada limpia, tierna y vivaz. Le gustaba escuchar su voz cálida y su entonación melodiosa.

Diego la miró fijamente y ella sintió que le daba un vuelco al corazón.

—Eh, Julia, ¿me estás escuchando? —le preguntó Diego.

Ella se ruborizó y le dijo que sí.

—Daniel tiene razón —continuó Diego—. Leo y Agustín no deben tener la más mínima sospecha de que algún otro, además de los implicados en la trama criminal, conoce sus planes. La policía debe actuar sin estorbos. Yo me encargo de llamarlos. Para mí es más fácil. Ustedes tendrían que telefonearlos desde el hotel o desde el móvil. Yo puedo hablar con toda la tranquilidad del mundo desde mi habitación. Además les diré que puedo ir personalmente a la comisaría.

—¿Te acordarás de decirles todo lo que te hemos contado? —le preguntó Daniel.

—Sí, no te preocupés.

—¿Qué medio usaremos para desplazarnos hasta el cabo Vilán?

—Iremos en el coche de mi abuelo. Ya me lo ha prestado otras veces.

—¿Tienes carné? —le preguntó Julia.

—Me lo saqué hace dos años, a los dieciocho —explicó—. Ustedes estarán conmigo en el interior del coche a las doce menos cuarto. Lo estacionaré cerca de la puerta del hotel. Daniel, vos me dijiste que un tal Felipe recogerá a esos dos a las doce de la noche. Cuando veamos que el coche al que se suben Leo y Agustín se pone en marcha, los seguimos a una distancia prudencial para que no sospechen.

Daniel miró su reloj y dijo que había llegado la hora de regresar al hotel. Él y Diego se despidieron con un caluroso abrazo y Julia recibió un beso en la mejilla. Ella le dio dos besos y se marchó a toda prisa. Le parecía que si se quedaba un segundo más Diego iba a sentir los latidos de su corazón. Cuando ya se había alejado de él, Diego la llamó:

—Julia, me olvidé de que ustedes dan dos besos. Te debo uno. La próxima vez cumpliré mi deuda con mucho gusto.

Julia entró en el hotel radiante de felicidad. Ni el recuerdo de Leo y Agustín empañó su alegría. Sólo pensaba en el momento en que volvería a ver a Diego.

Después de la cena, Federico se puso a hacer una queimada. Sus gestos eran parsimoniosos. Parecía un vate surgido de un tiempo en que no se conocían las prisas. Los miembros del grupo estaban sentados formando un semicírculo. Cuando la queimada estuvo lista, hubo una salva de aplausos. La bebida empezó a surtir efecto. Empezaron a contar chistes y a reír tan estruendosamente como Ángela. Leo comentó, con su acostumbrado aire socarrón, que a Federico le gustaba más la gastronomía que la poesía.

—¿Por qué lo dices? —preguntó divertido Federico.

—Porque nos hemos enterado de que, mientras nosotros recorríamos Padrón, en vez de enseñarles a nuestros compañeros de viaje la estatua de un poeta padronés famoso por la leyenda de sus amores, tan famoso que su vida inspiró a otros artistas, les enseñaste la estatua de la vendedora de pimientos.

—¿Y vosotros la habéis visto? —preguntó Marisa.

—Por supuesto —respondió Leo.

—Quiero aclararte —dijo Federico risueño— que yo no los llevé a ver la estatua de la Pimentera, la vieron porque quedaba camino del bar donde comimos pimientos de Padrón regados con un Albariño bien frío.

—Yo quiero saber de quién es esa estatua —pidió Ángela con tono aniñado.

—Es la estatua del poeta Macías *El Enamorado* —repuso Leo—, que murió asesinado en los albores del siglo XV a manos del marido de la mujer con la que mantenía relaciones.

—Les gusta la historia de Macías porque muere asesinado —le dijo Julia a Daniel en voz baja.

—Mariano José de Larra le dedicó el drama *Macías* y la novela *El doncel don Enrique el Doliente*. Larra también fue víctima de un amor desgraciado y acabó suicidándose.

Julia y Daniel se miraron como quienes confirman sus sospechas.

—Ya está bien de historias tristes. Ahora nos vamos a un disco pub en el que hay karaoke —les anunció Federico.

Los padres de Ana dijeron que ellos y su hija se iban a acostar enseguida. Todos los demás estuvieron de acuerdo en marcharse al disco pub. Daniel tenía ganas de quedarse, pero su prima lo cogió del brazo y aceptó ir a regañadientes. No le hacía ninguna gracia ir a un *disco pub* con padres y tíos incluidos.

El local era pequeño y estaba casi vacío. La gente del grupo, con Federico a la cabeza, decidió animar el lugar. Todos empezaron a bailar. Daniel se marchó a un rincón. Desde allí vio entrar a unos jóvenes y oyó que uno de ellos decía:

—Vámonos. Esto está lleno de carrozas.

Al rato, dos chicos y una chica regresaron. Se reían mucho. La chica era alta, delgada, con mechas verdes en el pelo, los ojos muy pintados y unos enormes pendientes que llamaron la atención de Daniel. Pensó que si aquella chica los usaba durante mucho tiempo, podían estirarle las orejas hasta las rodillas. Vio que se dirigía hacia él. Llevaba unos pantalones pesqueros verdes y un top del mismo color que dejaba ver el *pearcing* que tenía cerca del ombligo. Las uñas de los pies y de las manos las tenía pintadas de un verde fosforito. Daniel dudaba entre llamarla «la mujer planta» o «la chica de los pendientes».

Ella lo saludó. Él respondió al saludo y añadió:

—Se ve que te gusta mucho la naturaleza.

La chica sonrió y le empezó a hablar con familiaridad. Hablaba rapidísimo, como si temiese no tener tiempo suficiente para decir todo lo que quería decirle. Daniel tenía ganas de quitársela de encima, pero no sabía cómo. Suspiró aliviado cuando la llamó un amigo.

—No te preocupes. Enseguida estoy contigo —le dijo ella.

«¿Se habrá creído que me interesa?», se preguntó, asombrado.

Cuando la chica se dio la vuelta, vio que tenía un tatuaje en la espalda cerca del hombro derecho: era una libélula. Tampoco estaría mal llamarla «la chica de la libélula». A Daniel le divirtió inventar apodos.

«¿Qué me pasa? ¿Por qué me quedo aquí inventando sobrenombres para esa chica en vez de huir?», se preguntó.

Julia se le acercó y murmuró:

—Veo que tienes éxito.

—Si lo dices por la chica de los pendientes, te aseguro que preferiría no tenerlo. Es una pesada.

—¡Cuidado! No sigas que ya regresa.

La chica se presentó a Julia y le dijo que se llamaba Diana. Julia le contó que era prima de Daniel, pero no pudo agregar nada más porque Federico la cogió del brazo y se la llevó a bailar. Les hizo un gesto a Daniel y a Diana para que también se incorporaran a la pista de baile. Ellos no se movieron.

—Si hubiera sido tu ligue, me habría ido. No me gusta importunar —comentó Diana, a propósito de Julia.

«Menos mal, porque si le gustara...», se dijo Daniel.

Diana le pidió que fueran a bailar. Él vio el cielo abierto. ¡Por fin se libraría de aquella chica!

—Yo no puedo bailar porque me he hecho daño en un pie —mintió.

—La verdad es que no tengo tantas ganas de bailar, así que no te inquietes, seguiré a tu lado.

Diana hablaba cada vez más alto porque habían subido el volumen de la música. Daniel hacía como que la escuchaba, pero no se enteraba de nada. No podía dejar de pensar en lo que sucedería cuando estuvieran en el cabo Vilán. ¿Qué pasaría si los polis no llegaban a tiempo? Estaba ansioso. Quería que llegara cuanto antes la noche del día siguiente. No soportaba más a aquella chica que más que hablar chillaba. La música estaba tan alta que, si seguían así, iban a reventar los limitadores de sonido. Afortunadamente encontró una excusa fácil para abandonar aquel lugar. Federico dijo que había que regresar al hotel porque al día siguiente, como de costumbre, tenían que levantarse temprano.

Daniel empezó a despedirse de Diana, pero ella le dijo que esperase un momento. Sacó de su bolso un bolígrafo, cogió una servilleta de papel y anotó el número de su móvil. Le dijo que esperaba verlo la noche siguiente y que se cuidara el pie. Daniel se acordó de su mentira. Entonces se marchó cojeando.

Cuando estuvo en la habitación del hotel, tardó en dormirse. Soñó que estaba en una larga fila, esperando turno para que pesaran unos cartones que llevaba consigo. De pronto, sin saber cómo, aparecía en una pista de baile en la que relampagueaban destellos breves e intensos de luz. Daba vueltas, enloquecido, arrastrado por la chica de los pendientes. Sus manos se soltaban y caía al pie de un faro donde Leo y Agustín estaban con un frasco y un embudo. Empezaba a correr y llegaba al principio de la fila que estaba haciendo antes. Veía una enorme flor de cartón. Cada pétalo era un libro. Cuando se estaba acercando a uno de aquellos libros-pétalos, unos hombres musculosos lo cogían de los brazos. Las manos que lo sujetaban parecían provistas de garras. Los hombres lo llevaron junto al faro. De nuevo vio a Leo y Agustín. Se acercaban a él mientras se reían con una risa diabólica. Leo llevaba en la mano un embudo. Los hombres musculosos le estaban abriendo la boca, él se movió bruscamente y se despertó. Estaba bañado en sudor y oía los latidos de su corazón. Encendió la luz. Eran las cuatro de la mañana. Tenía sed. Fue al baño. Bebió dos vasos de agua. Empezó a dar vueltas en la cama. No podía dormir. Cuando logró conciliar el sueño faltaban dos horas para tener que levantarse.

CUATRO

El despertador sonó varias veces antes de que Daniel bajara la alarma. Se despertó con una sensación de malestar.

Cuando bajó al comedor, ya estaban desayunando. Algunos sonrieron y le hicieron guiños. Como era de suponer, Ángela y Marisa, desde el otro extremo de la mesa, empezaron a preguntarle, a gritos, por la chica de los pendientes. Daniel se encogió de hombros.

Se disponían a subir al autocar cuando vieron a Ana, que los saludó con una expresión muy seria. Julia advirtió que llevaba en la mano el libro de Rosalía de Castro. Le hubiera gustado comentar con ella algunos poemas, pero no podía. «Me parece una chica sensible e inteligente pero quiero que esté lo más lejos posible de mí. Tengo miedo de que me robe a Diego.

¡Qué tontería estoy pensando! Diego no es una cosa que pueda ser robada ni tampoco sale conmigo..., por ahora», se dijo Julia. Afortunadamente, su primo la ayudó a olvidarse de Ana y los complejos sentimientos que despertaba en ella. Daniel empezó a hablarle de la mala noche que había pasado viajando de pesadilla en pesadilla.

—Puedes escribir un cuento —comentó Julia.

—Sí, podría escribir un cuento titulado *Peregrinaje de un loco* —repuso Daniel.

Federico cogió el micrófono para anunciarles que primero irían al cabo de Finisterre, luego al monte Facho y también les dijo que por la noche volverían al disco pub.

—¡Por fin vamos a visitar el cabo de Finisterre! —exclamó Julia—. ¿Sabes que durante mucho tiempo se pensó que ahí estaba el fin del mundo conocido? Las legiones romanas quedaron impresionadas cuando llegaron a ese lugar. Les fascinó ver hundirse el sol en lo que ellos llamaban el mar tenebroso. Pero el cabo de Finisterre también ejerció una poderosa atracción en la Edad Media cuando la gente estaba obsesionada con la idea del fin del mundo.

Julia hizo una pausa y retomó la palabra.

—A veces, cuando pienso en los siglos pasados en los que yo no existía o en los futuros en los que tampoco estaré viva, tengo una sensación de vértigo. Nuestras vidas me parecen como las huellas de las gaviotas que ayer veíamos en Corrubedo, así de fugaces. ¿Has sentido algo semejante?

—Sí. Mi amigo Rafa y yo hemos hablado de eso más de una vez. Siempre terminamos pensando que no vale la pena darle vueltas a algo que no podemos comprender. Y nos vamos por ahí a despejarnos un poco y a vivir el presente.

Federico volvió a coger el micrófono para contarles que en el monte Facho los peregrinos quemaban sus ropas y desde allí arrojaban al mar las conchas que lo habían acompañado durante el camino.

Luego, con una sonrisa en los labios, añadió:

—El que arroje una lista con sus pecados desde el monte Facho al agua logra la absolución. Yo, como no sé si habrá alguien que ponga una moneda en el peto de las ánimas por mí y no tengo ganas de vagar como alma en pena, ya he escrito mi lista.

—Debe de ser muy larga esa lista tuya —bromeó Juan.

Sonó el móvil de Daniel. Era Diego. Le contaba que en la radio habían anunciado una tormenta muy fuerte para esa noche. Le dijo que con semejante temporal conduciría despacio.

Julia se enteró de quién era el autor de la llamada porque oyó decir a su primo:

—No te preocupes, Diego, seguramente también ellos irán despacio. A esos tíos no les importa nada la vida ajena pero son muy cuidadosos con la propia.

Daniel se calló hasta que Julia de nuevo oyó hablar a su primo:

—Sí, llevaremos todo: linternas, impermeables, botas y móviles.

—Hemos llegado —anunció Federico.

Bajaron del autocar. El cabo de Finisterre se adentraba imponente en el océano. Barcos, gaviotas y cormoranes pasaban frente a él. El día era apacible. Las olas parecían acariciar la costa. Paloma les dijo:

—Los que vais a ir al monte Facho, seguid a Federico. Yo me quedaré aquí junto a estos tenderetes. En cualquiera de ellos se pueden comprar *souvenirs*.

Ángela se había dirigido a uno de los puestos al aire libre y llamó a Marisa. Le enseñó una campana de cerámica que tenía grabada en letras negras «Recuerdo de Finisterre».

—No puede ser que Campanilla se vaya de aquí sin su campana.

Insistió tanto que Marisa acabó comprándose una para dejar de oír a su amiga.

Los primos se fueron con el grupo que encabezaba Federico. A su regreso del monte Facho se dirigieron a los tenderetes. Daniel coleccionaba barcos en miniatura y compró unos barquitos de madera pintados con unos colores muy vivos. Julia compró caracolas, estrellas de mar e hipocampos.

Diego se pasaría por el disco pub. Les diría a los padres de Julia y de Daniel que iba a recoger a sus hijos porque daba una fiesta en la casa de su abuelo. Julia temía que esa noche Ana fuera al disco pub y viera a Diego.

Después de la cena, Federico supo que Leo y Agustín se quedarían en el hotel. Ana y sus padres tampoco saldrían esa noche. Cuando Julia se enteró, respiró aliviada.

Daniel, que había comido sin apetito y con nervios, se sentía bastante mal. Afortunadamente, en el disco pub no tenían la música tan alta como la noche anterior. Diana se encontraba en el interior del local. Estaba vestida de negro. Se acercó a él apenas lo vio. Le pareció mucho más guapa que la noche anterior. Hablaba en voz baja y pronunciaba las eses como en un susurro. Se sentaron en unos taburetes que había junto a la barra. Pidieron una tónica con limón. Diana se dio la vuelta para saludar a una amiga que se puso a hablar con ella. Él se quedó mirando la libélula que tenía tatuada cerca del hombro derecho. Cuando acabó de hablar con su amiga, se giró y empezó a contarle que tocaba el violonchelo y que su compositor preferido era Bach.

—¿Has dicho que tocas el violonchelo y que te gusta Bach? —le preguntó.

Diana asintió. ¿Cómo podía ser que aquella chica, que apenas lo conocía, no hubiera tenido ningún problema en contarle ambas cosas? Él procuraba que no supieran que había tocado el violín y que le gustaba Bach porque temía que lo tildaran de raro. Habían subido el volumen de la música. Daniel se quedó mirando el juego de luces en la pista y de pronto rememoró la música del compositor alemán. ¿La chica de la libélula había logrado trastornarlo tanto como para que, a pesar del barullo que metían los que bailaban, a pesar del canto desafinado de los del karaoke y de la música estridente, evocara los conciertos de Brandenburgo de Bach? ¿Le empezaba a gustar Diana? Diego entró en el disco pub. Daniel se había olvidado de lo que les esperaba aquella noche. Cuando llegó Diego, Diana acababa de marcharse al servicio. Julia dejó de bailar y se reunió con ellos. Cuando Diana regresó, Daniel le presentó a Diego y le dijo que tenían que marcharse porque Diego los había invitado a una fiesta.

—¿Puedo ir con vosotros? —preguntó Diana.

Los tres se quedaron sin saber qué decir.

Diego se sobrepuso a la sorpresa y le dijo que era una reunión de amigos íntimos. Daniel, que estaba nervioso, afiebrado y tenía ganas de que Diana no se enfadara, empeoró la situación cuando añadió que la casa en la que se hacía la fiesta era muy pequeña. Entonces, Diana les dijo que no se esforzaran en seguir buscando pretextos, que ya se daba cuenta de que no querían que fuese con ellos. Se dio media vuelta y se marchó. Daniel hizo ademán de seguirla, pero Julia lo cogió del brazo y le dijo:

—Tenemos que marcharnos.

En el interior del coche del abuelo de Diego, Daniel empezó a quejarse:

—Deberíais haberme dado más tiempo para aclarar a Diana que no queríamos deshacernos de ella.

—¿Le hubieras contado que íbamos a seguir a unos criminales? —preguntó Julia.

—No. Le hubiera dicho que ahora no podía explicarle por qué no podía acompañarnos pero que mañana sin falta se lo contaría.

—Así que te gusta Diana —dijo Julia.

—No se trata de que me guste sino de una cuestión de educación.

Diego, que había estado callado, intervino:

—Que a ella le gustás a rabiar salta a la vista.

—¿Tú crees? —preguntó Daniel, momentáneamente animado.

—Por supuesto.

—Después de lo de esta noche, no querrá verme —dijo Daniel.

—Cuando a una mina le gustás, tenés que hacerle algo muy gordo para que no quiera volver a verte.

—¿Tienes el número de teléfono de Diana? —le preguntó Julia.

—Sí.

—Entonces, mañana la llamas, le dices que quieres verla y verás como todo se arregla. Además...

—Miren —interrumpió Diego—, acaba de estacionar un coche frente a la puerta del hotel. Han bajado dos hombres: uno alto y otro más bajo. Entran en el hotel —Diego dejó de hablar durante unos segundos—. El alto ha vuelto al coche —continuó como si estuviera haciendo un reportaje en directo—. Se ha sentado junto al volante. El bajo se ha quedado dentro del hotel.

Diego le pidió a Daniel que memorizara el número de matrícula del coche.

—Al acercarte al coche, disimulá, hacé como que estás esperando a alguien, mirá el reloj.

—También podría sacar un bolígrafo y ponerme a copiar el número como si nada —dijo Daniel entre enfadado y burlón. Y agregó—: ¿Por qué soy yo el elegido?

—Vos me dijiste —le recordó— que no te hacía falta copiar mi número de teléfono porque tenías un sistema nemotécnico infalible. Me acuerdo muy bien de que Julia fue quien quiso anotarlo.

—Es cierto, pero ahora no me siento en condiciones. No creo que pueda hacerlo.

—Podrás —le dijo Julia.

Daniel se acercó al coche silbando. Dirigió su vista hacia la matrícula. «Está chupado», pensó. Luego, miró el reloj y puso una expresión como la de quien se acuerda de que tiene algo urgente que hacer. Se dio media vuelta, siguió andando con aire despreocupado y se subió al coche.

Diego le había contado a Julia que cuando llamó a la policía lo atendió un hombre malhumorado. El poli, después de oírlo, le dijo que esperaba que no se repitiera la broma de la que estaban siendo objeto últimamente.

—Parece ser —explicó Diego— que alguien los llama desde un teléfono público dándoles noticias falsas. El poli me advirtió que había localizado el teléfono desde donde le hablaba, y que, si intentaba burlarme de él, iría derecho al talego. Yo le di todas mis señas. Le dije que podía presentarme en la comisaría. Me aclaró que no era necesario. Le conté lo de la banda de *El Músculos* y mientras hablaba, me pareció que le decía a alguien «Es un pirado».

—¿Qué haremos si la policía no aparece? —le preguntó Julia.

La pregunta quedó sin respuesta porque Daniel acababa de abrir la puerta del coche.

—Me siento mal —dijo, una vez dentro.

—¿No pudiste memorizar la matrícula? —le preguntó Diego.

—Sí. Lo que digo es que me siento mal físicamente. Creo que tengo fiebre. El número ya lo memoricé. Es mago-loro.

—¿Qué dices? —le preguntó Diego.

—Digo que si m es tres y g es ocho, el número es 38 y si l es 5 y r es 0, el número es 50.

—Ahora, el que está empezando a sentirse mal soy yo —dijo Diego—. Dejá de hablar en chino y decíme de una vez cuál es el número.

—3850 —respondió Daniel.

Cuando acabó de decir el número, se oyó el retumbar de los truenos. Unos relámpagos cruzaron el cielo y enseguida empezó a llover. En ese momento reapareció al hombre de baja estatura seguido de Leo y Agustín. Los tres entraron en el coche, que arrancó de inmediato.

Diego se dispuso a seguirlos. Daniel apoyó la cabeza en el respaldo del asiento porque su malestar no remitía.

Julia pensaba que, dado el estado físico de su primo y la responsabilidad que tenía Diego al ser el conductor, a ella le correspondía transmitir tranquilidad. Pero la verdad es que estaba muy nerviosa. La lluvia arreciaba. No sería nada fácil caminar por el cabo Vilán. Julia no soportaba el silencio. Dijo de carrerilla:

—¿Sabéis que la luz del faro Vilán es la de mayor alcance de la costa gallega?

Ni un monosílabo rompió el silencio de sus acompañantes.

—Parece que es el único faro en el que trabajó una farera —continuó Julia.

Ninguno de los dos dijo nada.

Ella quería olvidarse de esa impresionante tormenta que le ponía los pelos de punta, pero había fracasado en su primer intento. Tendría que seguir hablando porque de lo contrario acabaría con los nervios destrozados. Estuvo dándole vueltas a lo que podía decir hasta que se le ocurrió inventarse una historia con retazos de otras que había escuchado.

—La Señora de la lluvia y la tormenta debe de tener un enemigo por aquí —empezó, creyendo que le harían alguna pregunta.

Sin embargo, continuaron callados.

—Me contaron una historia en la que se atribuye la causa de la tormenta a una mujer muy bella dotada de poderosas alas, mucho más grandes que las de los ángeles.

Eso no era verdad. No había ninguna mujer ni alas en las historias que recordaba. Las únicas alas enormes que le habían impresionado eran las del diablo en una película que su padre había alquilado en un videoclub. Le parecía recordar que la película era de un tal Murnau y que contaba la historia de Fausto.

Se calló. «Ahora me dirán algo. Daniel se burlará», pensó. Pero una vez más se frustraron sus esperanzas. El silencio le pareció una losa pesada que se cernía sobre ella.

La lluvia era tan intensa que el limpiaparabrisas no lograba despejar los cristales. La luz de un relámpago hizo que aparecieran sombras fantasmales. Otra vez sentía aletear las alas negras del miedo. «¡Pensamientos de alas negras!, huid, huid azorados», se repitió varias veces Julia. Era mejor para ella seguir hablando:

—¿Sabéis?, la Señora de la lluvia y la tormenta era algo caprichosa, pero no era mala. Un día oyó que un campesino se quejaba porque no llovía. Ella pensó que antes de concederle la gracia del agua pondría a prueba su bondad. Se transformó en una pobre mujer que no tenía adónde ir y le pidió alojamiento por una noche. El campesino la hospedó e incluso le dio de comer. Al día siguiente, ella agitó suavemente sus alas. Cayó una fina llovizna. A partir de entonces, las tierras del hospitalario campesino siempre estuvieron regadas.

De pronto, Diego empezó a hablar y a Julia le pareció que la tormenta había cesado.

—Me acuerdo de un día que estaba estudiando con una amiga en un café de Buenos Aires, en la calle Corrientes. Ella empezó a recitarme una poesía en la que se anunciaba la llegada de una lluvia fina que daba unos pasos ligeros como de anémona o nube. Apenas terminó de recitar, se desencadenó una tormenta que metía miedo en el cuerpo. Y, mientras nos guarecíamos en un portal, mi amiga me susurró: «Ésta no es la lluvia de la que nos habló el poeta». No sé por qué desde aquel día cada vez que hay tormenta me parece escuchar las palabras de mi amiga.

—Tú no te distraigas —dijo Daniel—. Ya tendrás tiempo de contarnos anécdotas de Buenos Aires.
—No te asustés, pibe.
Al rato la lluvia empezó a ser menos intensa.
—Con un poco de suerte escampa —comentó Daniel.
Julia dijo que todavía le faltaba contar la segunda parte de su historia. Daniel la animó a hacerlo, no porque estuviera interesado sino porque temía que Diego volviera a hablar y prefería que el chico pusiera toda su atención en la conducción. Julia, ajena al verdadero motivo por el que su primo le pedía que continuara, se sintió halagada y retomó la narración:
—Un campesino de otra región se quejaba de la sequía y la Señora de la lluvia y la tormenta le hizo la misma prueba que al anterior. Se disfrazó con harapos y le pidió alojamiento. Pero ese hombre no sólo la echó con cajas destempladas sino que agregó: «Vete a otro lugar donde la horrible Señora de la lluvia y la tormenta te lave con sus aguas esas ropas mugrientas que llevas». Entonces, ella lo amenazó: «Ya verás cómo trata la Señora a los desalmados como tú». Delante de aquel hombre se manifestó como era. Se elevó por los aires agitando fuertemente sus alas. Llovió torrencialmente y durante tanto tiempo que las tierras se inundaron y el campesino se ahogó.

De pronto, vieron que el coche en el que viajaban Leo y Agustín estaba aparcando. A Daniel le extrañó que aparcaran en un lugar algo alejado del faro.

—Voy a seguir manejando un poco más porque si freno y estaciono ahora, sospecharán de nosotros. Enseguida doy la vuelta, es sólo un momento.

A los pocos metros tuvo que aminorar la marcha. Una densa niebla impedía la visibilidad.

—Demos la vuelta —pidió Daniel—. No se puede avanzar.

—Esperemos un poco. No llevaban ropa de lluvia, pueden estar poniéndosela en el coche.

—Mientras esperamos, nosotros también podemos equiparnos para la lluvia. Aparca un momento aquí en el arcén y pongámonos las botas y los impermeables —propuso Julia.

Los chicos estuvieron de acuerdo. Cuando Diego acababa de aparcar, sintieron un golpe en el parachoques.

—¡Qué chambón! ¡Tenía que haber dejado las luces encendidas! —exclamó Diego.

—Saquemos las linternas y bajemos a ver qué ha pasado —dijo Daniel.

—¡No! —gritó Julia, que creyó ver una sombra en la niebla—. Hay alguien ahí fuera.

La sombra se acercó. Parecía tratarse de una mujer. Empezó a golpear la ventanilla con los nudillos. Diego, sin hacer caso de los temores de sus acompañantes, bajó la ventanilla.

—Por favor, ayudadme —dijo una voz angustiada de mujer—. Mi hijo se siente muy mal. No tenemos móvil. Quiero llamar a urgencias para que venga una ambulancia porque yo, con los nervios y esta niebla, no me animo a ir a ninguna parte.

Diego le alcanzó su móvil. La mujer dijo que llamaría desde su coche, que estaba detrás del de él; entonces se acordó del golpe que le había dado al coche de Diego. Le pidió disculpas. Se justificó diciendo que con la niebla no lo había distinguido.

—No tiene de qué disculparse. Fue un error mío. Con esta niebla, no tenía que haber apagado las luces cuando estacioné.

—¡Qué lugar y qué momento tan inoportuno para que a alguien se lo ocurra ponerse malo! —dijo Daniel cuando la mujer se marchó.

Los tres salieron al exterior con las linternas. El coche no tenía ni un rasguño. La mujer los llamó. Se acercaron a su coche. Ella le devolvió el móvil a Diego. Vieron a un niño que estaba con la espalda inclinada sobre sus piernas y gimiendo. La mujer les rogó que la acompañaran hasta que llegara la ambulancia. Los tres jóvenes se miraron. No sabían qué decir. Sintieron que no podían dejarla allí sola con su hijo enfermo. Ella les dijo que no se quedaran ahí fuera y les abrió la puerta. Se acomodaron en el asiento de atrás. El niño empezó a quejarse más alto. La madre lo acarició y le dijo que pronto dejaría de estar malito, que llegaría una ambulancia y un doctor lo sanaría. El niño seguía quejándose y la madre le repetía lo que ya le había dicho antes. Los tres chicos permanecían en silencio oyendo los quejidos del niño y las palabras de la madre. El tiempo parecía que se había detenido. La ambulancia tardó en llegar. Finalmente, cuando llegó, todo sucedió muy rápido. Los hombres de la ambulancia dijeron que había que darse prisa. Casi no pudieron despedirse de la mujer.

Diego se puso al volante y dio la vuelta con rapidez, sin tomar las debidas precauciones. Afortunadamente, ningún otro vehículo transitaba por allí en ese momento. Cuando llegaron al lugar, el único coche que vieron fue el de la policía. Aparcaron junto a ellos. Bajaron, mirando hacia todos lados, como si esperasen ver a Leo y Agustín surgir de las sombras. El único que se acercó hacia donde ellos estaban fue un hombre uniformado de gran estatura que los miraba ceñudo. El hombre preguntó con tono enfadado:

—¿Adónde vais en una noche como ésta?

Y, antes de esperar respuesta, continuó:

—¿Alguno de vosotros se llama Diego?

Diego se adelantó y entonces el policía le dijo:

—Así que tú eres el que habla de envenenamientos y crímenes. Por lo que veo tus dos amiguitos te han creído. Dinos dónde están esos peligrosos asesinos porque nosotros hemos registrado el lugar y no hemos encontrado a nadie.

—No lo entiendo —dijo Diego—. Habían aparcado aquí cerca.

Se acercaron otros dos uniformados que se colocaron junto al primero.

El policía que les había hablado retomó la palabra.

—¿No te parece extraño lo que me dices? Los viste aparcar y sin embargo te marchaste. ¿Querías volver una hora después para ver si había muchos muertos?

—Yo... Nosotros....

El hombre, cada vez más colérico, no lo dejó terminar.

—A lo mejor tus amiguitos no son unos ingenuos que creyeron tu historia sino que también quieren reírse de la policía, o puede ser que estés verdaderamente loco y ellos no lo sepan.

Uno de los policías que acompañaban al que hablaba, le dijo que dejara que los chicos se explicaran. Ese momento fue aprovechado por Julia para contar que fueron ella y su primo quienes habían contado a Diego todo lo relativo a Leo y Agustín. Cuando acabó, el policía que estaba enfadado les preguntó:

—¿Y no se os ha ocurrido pensar que pudisteis haber entendido mal?

Julia insistió en que escuchó todo lo que habían dicho en la playa con absoluta claridad.

—¿Y dónde están ahora esos asesinos?

—Quizá os han visto y han huido.

Los policías aseguraron que ellos se habrían dado cuenta, que no vieron ningún coche cuando llegaron.

—Por esta vez os dejo marchar, pero si volvéis a importunarnos con vuestras historias fantásticas os llevo a la cárcel y no os suelto hasta que aparezcan vuestros familiares —les aseguró el policía.

Regresaron al hotel sin poder explicarse qué podría haber sucedido.

Cuando llegaron, Daniel le dijo a Diego que entrara con ellos.

—Tenemos que averiguar si están en la habitación.

—¿Qué dices? —preguntó Julia.

—Muy sencillo. Llamo a su habitación que es la 306 y cuando cojan el auricular, cuelgo.

Pidieron las llaves de sus respectivas habitaciones al recepcionista. Julia le dio un codazo a Daniel e hizo un gesto con la cara señalando hacia la taquilla de la 306. Diego advirtió el gesto de Julia. Él y Daniel dirigieron su vista hacia la taquilla y vieron que la llave de la habitación estaba dentro. Eso significaba que aún no habían regresado. Daniel sugirió que los esperasen. Podían sentarse en unos sillones que había en el vestíbulo de la entrada. Leo y Agustín creerían que estaban hablando de sus cosas.

—Cuando aparezcan, fingimos que acabamos de llegar y les preguntamos si han ido al pueblo cercano o cualquier cosa por el estilo.

—¿Crees que te van a decir la verdad? Sinceramente, yo no le encuentro sentido a que los esperemos —dijo Julia.

—Opino igual que Julia —aseguró Diego.

—Si no tenéis ganas de quedaros, podéis marcharos, pero yo quiero verlos llegar y oír la mentira que se inventen.

Julia y Diego no lo abandonaron. Se sentaron en los sillones. Sentían un gran cansancio. Más de una vez estuvieron a punto de quedarse dormidos.

Cuando llegaron Leo y Agustín, Daniel dijo en voz alta:

—Veo que no somos los únicos que nos hemos quedado hasta las tantas de juerga.

—¡Hola! Pero ¿qué hacéis a estas horas aquí? —preguntó sorprendido Leo.

—Ya os lo he dicho. Hemos estado de juerga. Como vosotros, ¿verdad?

Leo y Agustín se miraron como si se consultaran para ver qué respondían.

—¿De juerga dices? Si supieras qué juerga hemos tenido... —repuso Agustín.

Y enseguida pasó a contarles que habían llevado a un amigo al hospital porque había sufrido una intoxicación.

—Ya está fuera de peligro y lo hemos dejado en su casa.

Daniel trató de sonsacarles más cosas. Les preguntó de una forma disimulada adónde habían ido antes de que su amigo se pusiera malo. Agustín les explicó que tenían que arreglar un asuntillo. Dijo que su amigo ya estaba bien y que solucionarían el asunto la noche siguiente. Cuando Daniel empezó a hacerle otra pregunta, Leo dijo de una forma muy seca que no eran horas de seguir hablando. Les dio las buenas noches y se marchó seguido por Agustín.

Cuando los dos hombres se fueron, los primos y Diego estuvieron de acuerdo en que la noche del próximo día, o mejor dicho de aquel día, dada la hora que era, debían vigilarlos de nuevo.

CINCO

Federico había permitido que Diego los acompañara en la excursión de ese viernes. Daniel y Julia, como de costumbre, estaban sentados en el bordillo de la acera, enfrente de donde estaba aparcado el autocar. Diego llegó temprano y se sentó junto a ellos. Julia estaba inquieta porque Ana aparecería de un momento a otro. Más que el temor de que sedujera a Diego, en ese momento le avergonzaba quedar como una mentirosa ante Ana. Intentó olvidarse de la chica porque debía contarles a Daniel y Diego un importante descubrimiento.

—Cuando Leo y Agustín estaban desayunando, me fui a la recepción —empezó a decirles—. En ese momento no había nadie detrás del mostrador. En la taquilla 306 había un papel. Me acerqué, lo cogí y comprobé que se trataba de un mensaje firmado por el hombre que se llama Felipe. Decía: «Os confirmo que os recojo esta noche, a la misma hora. Todo saldrá tal cual lo planeamos».

—Lo del amigo que llevaron al hospital debe de ser un bulo —dijo Daniel—. Seguro que ayer se equivocaron en algo.

Los tres se quedaron pensativos.

—Quizá pudieron equivocarse en la fecha de llegada del barco —aventuró Diego.

—Lo que importa ahora es decidir qué vamos a hacer —intervino Julia—. ¿Volvemos a llamar a la policía?

—No nos queda otra —afirmó Diego.

—Pero ya sabes lo que nos espera si al final ésos no van —dijo Julia.

—Irán —aseguró Daniel.

—¿Cómo se verá la vida detrás de unos barrotes? —inquirió Julia.

—¿Por qué no piensas en cómo convencerás a los polis de que esta vez ellos acudirán al faro? —dijo Daniel.

—¿Tengo que ser yo quien les hable? —preguntó Julia.

—De los tres, creo que eres la que les inspira más confianza.

Luego Diego dijo:

—Hagamos una promesa. Hasta la noche, no hablaremos más de esos dos. Ahora quiero disfrutar de este viaje.

Los tres juntaron las manos y prometieron no hablar de los dos hombres hasta la noche. En ese momento, llegó Ana. A Julia se le hizo un nudo en la garganta. La chica los saludó sin aparentar el más mínimo asombro. Diego le dedicó una sonrisa y le preguntó si estaba disfrutando de su estancia en Galicia. Ella le dijo que sí y alguna otra cosa que Julia no oyó. Luego subió al autocar, aunque estaba casi vacío pues todavía faltaban muchos pasajeros. Esta vez no se había quitado la goma elástica al ver a Diego, pero lo que más sorprendió a Julia es que había actuado como si supiera que Diego había estado todo el tiempo en Corcubión. ¿Los habría visto juntos el día anterior?

Diego se sentó con Julia y Daniel se fue a un asiento que estaba libre. Federico había cogido el micrófono y los saludó con un «Buenos y venturosos días».

—Hoy visitaremos en primer lugar Camariñas y luego el cabo Vilán y su faro. Durante el día no habrá tormenta, así que podremos ir al cabo. Según el pronóstico meteorológico, esta noche volverá a llover con intensidad.

Julia miró de refilón a Leo y Agustín. Le pareció que sonreían. Enseguida recordó que había prometido olvidarse de ellos hasta la noche. Dejó de mirarlos.

—Eso a nosotros no nos afecta —prosiguió Federico—. Por la noche la única excursión que haremos es al disco pub.

Federico les contó que Camariñas era famosa por el encaje de bolillos. Las mujeres que se dedicaban a ese trabajo se llamaban *palilleiras*.

A Julia le gustó el nombre de Camariñas y le preguntó a Federico si sabía por qué se llamaba de esa forma. Él le explicó que unos decían que se debía a la planta del mismo nombre de flores blancas y rosadas que abundaba en la zona y otros, que tenía que ver con un topónimo de raíz celta que significa «estar al lado del mar».

—Un lugar donde se hacen encajes tiene que estar asociado a las flores —dijo en voz alta Julia.

Diego apuntó:

—Me parece que vos sos muy romántica.

Julia se rio a pesar suyo. Cuando se ponía nerviosa o sentía timidez se reía involuntariamente.

En Camariñas, Federico les dejó tiempo libre para que cada uno dispusiera de él como quisiera. Julia llamó a la policía desde su móvil. No la tranquilizó en absoluto la respuesta que obtuvo. La pusieron con Alberto Pérez, que era como se llamaba el poli con el que habían hablado la noche anterior. El hombre estuvo bastante brusco. Le recordó que si por segunda vez acudía al lugar en balde, los encerraría a los tres. Luego estuvo más amable. La trató con condescendencia y le dijo que se olvidara de esas fantasías, que la vida real no era como las películas, que abandonaran el juego de policías y ladrones, que ya eran mayorcitos. El comentario del poli sumió a Julia en la zozobra. Pensó que Alberto Pérez estaba convencido de que lo que ella le había contado era, en el mejor de los casos, la invención de unos chicos muy fantasiosos. Esto significaba que podía optar por no ir al faro.

Empezaron a caminar por unas calles estrechas e irregulares sin un itinerario fijo. Al rato, Daniel les dijo que tenía que hacer una llamada personal, que se reuniría con ellos enseguida. Se alejó. Lo vieron sacar el móvil del bolsillo del pantalón. No era difícil adivinar quién era la destinataria de esa llamada personal. Daniel llamó a Diana, a la que ahora también había puesto el apodo de «la violonchelista». Apretó los botones del móvil que se correspondían con su número. Le dio un vuelco el corazón cuando la oyó decir «hola». Tardó en responder, y cuando dijo que era Daniel se cortó la comunicación. Él se inquietó. No sabía si había sido ella quien había colgado al oír su voz o si había algún problema con la comunicación.

«¿Qué hago? ¿Le digo a Julia que llame y que luego me pase el teléfono? No, quedaría como un tramposo», pensó. Volvió a llamar pero no había forma de comunicarse. Después de varios intentos, oyó de nuevo su voz. Él decía «Soy yo, Daniel» y ella repetía «Hola, ¿quién es?». Aunque no pudo hablar con Diana, el hecho de saber que no podía comunicarse por algo ajeno a la voluntad de ella lo tranquilizó. La llamaría más tarde.

Se oía el repiqueteo de las *palilleiras*. El sonsonete de los palillos era como una música de fondo en su deambular por la villa. Se detuvieron junto a una de las tantas casas encaladas en las que se podía ver el trabajo de las *palilleiras*. Entraron. En el local se encontraron con Ángela y Marisa. Ángela decía que para dedicarse a ese trabajo había que tener vocación. Le preguntó a una de las *palilleiras*:

—¿Vosotras trabajáis en esto porque os gusta, verdad?
Y la mujer le contestó:
—Trabajamos en esto porque necesitamos comer.

Aunque la respuesta rompía con la idea romántica de la vocación, eso no era obstáculo para admirar el primoroso trabajo realizado por las hábiles manos de aquellas mujeres.

Daniel pensó que la belleza podía surgir en condiciones difíciles. Se podía fabricar libros con cartones previamente desechados o crear algo tan delicado como lo que estaba viendo.

Salieron del local y se fueron a dar un paseo por el puerto. Daniel imaginó que el ruido que hacían los palillos al entrecruzarse era un canto que hablaba de las alegrías y las tristezas de las gentes del lugar, de su espera, de su mirada que se posaba en los barcos pesqueros detenidos en el puerto durante los días de tormenta, de la tristeza antigua por las víctimas de las borrascas atlánticas, de la alegría que sentían cuando los suyos regresaban vivos de la mar embravecida. Tenía ganas de dejar escrita esa experiencia. Desde que Julia le habló de la llamada del escritor, había empezado a reconsiderar la posibilidad de retomar la escritura.

En el autocar se armó un guirigay. Todos hablaban a la vez y enseñaban lo que habían comprado.

Federico cogió el micrófono y les anunció que la próxima visita sería el cabo Vilán y su famoso faro.

Juan cedió su lugar a Irene, que quería charlar con Sofía y se dirigió a donde estaban sentado Daniel.

—Yo ya he estado aquí —le dijo—. Hay una vista magnífica desde el faro.

Y le contó que el faro se había construido a finales del siglo XIX después de que naufragara el buque escuela *Serpent* en el que murieron muchos marines ingleses.

—¿Naufragaron o los hicieron naufragar? —le preguntó Daniel, que estaba obsesionado con el tema de los naufragios.

Su tío le aclaró que el *Serpent* había naufragado.

—Por algo se llama a este lugar A Costa da Morte —añadió Juan—. Las aguas no sólo arrancan a los hombres de sus barcos sino que también los arrancan de las rocas, por ejemplo a los *percebeiros* cuando están faenando.

—¡Qué horror! No tenía ni idea de que pasaba eso. Pero ¿cómo se cogen los percebes? —le preguntó.

Juan le contó que los mejores percebes crecían en los acantilados donde más golpeaban las olas gigantes. Estaban en las mareas vivas.

—Los *percebeiros* tienen que descolgarse con cuerdas sujetas por compañeros. Con una espátula de mango largo y una red en forma de embudo cogen las piñas sorteando el vaivén de olas muy peligrosas.

—¡Qué valiente hay que ser para dedicarse a un trabajo así! —exclamó.

Aunque enseguida, al recordar la respuesta de la *palilleira*, dijo:

—Bueno, quizá no se trate de valentía sino de supervivencia. Por muy valiente que alguien sea, no debe de ser fácil olvidar a los compañeros que fueron arrancados de las rocas. Se me ocurre que quienes han logrado salvarse pensarán más de una vez que los próximos a los que el agua se lleve pueden ser ellos.

Juan miró a su sobrino. Pensaba que había crecido.

Cuando llegaron al cabo Vilán, vieron un espectáculo imponente. Federico se acordó de que a Julia le gustaban los nombres de plantas y flores y por eso le contó que la vegetación que había en las paredes de los acantilados se llamaba hierba de enamorar y perejil de mar.

Las gaviotas y los cormoranes sobrevolaban los acantilados. Ángela chillaba más que las gaviotas. Empezó a llamar a la gente del grupo para que vieran unos pájaros de pico largo, plumaje amarillento en la cabeza y blanco azulado en el resto.

—Mirad qué quietecitos están.

—Es que con los gritos que pegas, los pobres se han quedado de piedra —le dijo Marisa.

—Son alcatraces —explicó Paloma la monitora.

Al penetrar en el faro, los tres chicos pensaron que estarían allí durante la noche. Los embargó la emoción. No se enteraron de nada de lo que les contaba Federico. Una vez fuera, los excursionistas dijeron que estaban hambrientos. Alguien sugirió que fueran a comer percebes. Todos estuvieron de acuerdo.

Corrió el vino, los percebes estaba riquísimos y las risas no menudearon. Daniel abandonó la mesa dos veces para llamar a Diana. Los nuevos intentos fracasaron, tendría que esperar hasta la noche para verla en el disco pub.

En el autobús, el sopor típico después de una comida regada con abundante vino cayó sobre los viajeros.

Cuando llegaron al hotel, Julia recordó a Diego que les había prometido enseñarles Corcubión.

—No me olvidé. ¿Qué les parece si nos encontramos aquí dentro de media hora?

Daniel aceptó enseguida. Diego dijo a los padres de sus amigos que esa noche volvería a llevarse a sus hijos a otra fiesta, esta vez de despedida. Sofía se alegró de ver la amistad que había surgido entre los chicos y le pareció muy bien que se despidieran con una fiesta.

«Si supieras de qué fiesta se trata, no estarías tan contenta», pensó Julia.

Julia se pintó los labios, se puso el vestido estampado de flores, que le sentaba muy bien, y unos zapatos de tacón.

Cuando Daniel la vio, silbó, le dijo que estaba muy guapa y le preguntó si quería ligar con Diego.

—Que una chica se arregle no significa que quiera ligar con alguien —contestó ella.

Cuando se reunieron con Diego, Daniel observó que su prima se arreglaba el pelo. Empezaron a caminar por el paseo marítimo. Julia quería conocer la parte antigua.

—Tus deseos son órdenes para mí —repuso Diego.

Julia y Diego se adelantaron. Daniel se quedó rezagado. Se puso a pensar en Diana. ¿Qué le diría cuando la viera? ¿Y si le pedía que se marcharan de ese disco pub en el que para hablar tenían que gritar? Podía invitarla a tomar algo en el pueblo cercano y regresar antes de las doce para reunirse con Julia y Diego. Le contaría que a él también le gustaba Bach. Diana se quedaba en Corcubión un día más que Daniel. Empezó a hacer planes. Cuando regresara, la llevaría a la Casa Encendida para que viera la instalación de Jesús Verona que a él tanto le gustaba. Verona había creado unos enormes y cálidos monigotes de espuma. Los habían colocado en el suelo del patio interior del edificio. Los visitantes podían sentarse o echarse sobre ellos.

—¡Eh! ¿Dónde estás? Aterrizá, pibe —le dijo Diego.

—Perdona, estaba pensando en que este lugar es muy tranquilo.

—Tenés que aprender a mentir mejor. Pero no te preocupés que no te voy a pedir que me contés nada. Vamos a ir a la parte vieja y primero visitaremos la iglesia de San Marcos. ¿Te parece bien?

Daniel asintió. Cuando llegaron a la plaza, Julia pidió a Diego que caminaran un poco más por el casco antiguo. Le gustaban los edificios que veía. Había casas señoriales blasonadas y otras populares de tipo marinero.

—Cuando sea grande, es decir, cuando sea mayor —dijo Diego—, me gustaría comprarme una casa en Galicia, de esas que tienen galerías.

—A mí también, de mayor, me gustaría poder comprarme una casa con galerías frente al mar —suspiró Julia.

—Lo que ninguno de los dos decís es que os gustan las galerías para poder cotillear —dijo Daniel.

—Si vos querés ser escritor...

—¿Quién te ha dicho que quiero ser escritor? —lo interrumpió Daniel.

—Me corrijo. Lo que me han dicho es que se te da bien escribir.

—¿Y?

—Que chusmear no es tan malo para un escritor. Ah, perdoná, chusmear es cotillear. A veces me cuesta usar las palabras de acá.

—No tienes de qué disculparte. En poco tiempo has aprendido un montón de palabras —dijo Julia con tono de admiración—. Tus argentinismos se entienden perfectamente y estoy segura de que Daniel también los entiende. Pero, volviendo a lo que decías, yo también creo que el cotilleo puede ser bueno para un escritor. Está relacionado con la curiosidad.

—Estaréis de acuerdo conmigo en que para ser un escritor no basta con ser un cotilla —dijo Daniel.

—Ésa es una verdad irrefutable, primo.

—Ahora, dejemos eso. Quiero que vean algo.

Diego se detuvo enfrente de una casa cuya puerta estaba abierta. Les hizo ver el zaguán y les explicó que conservaba un pilón donde antiguamente se salaba el pescado.

—Si estuviera con nosotros mi abuelo les explicaría muchas más cosas. Es un libro abierto sobre Corcubión.

—Pues tú eres un buen discípulo.

«Hum, va la segunda vez que Julia lo alaba. Y lo dice con sinceridad y entusiasmo. Yo creo que está loca por Diego», pensó Daniel.

Se dirigieron a la iglesia de San Marcos. A los primos les extrañó que en Galicia se venerara a un santo italiano. Entonces, Diego les contó lo que le había explicado su abuelo.

—La historia dice que a finales del siglo XVI los señores del lugar encargaron a un taller italiano la imagen del santo. Según la leyenda una terrible tempestad sorprendió a los navegantes de un barco muy cerca de Corcubión. Entonces decidieron echar la talla del santo al mar y cuando lo hicieron las aguas se calmaron; por eso, San Marcos se habría quedado en Corcubión.

Cuando terminó de hablar, Diego miró su reloj. Puso cara de preocupación.

—Tenemos que regresar. Se me ha hecho tarde.

—¿Tienes algo que hacer? —le preguntó Daniel.

—Es que mi novia me va a llamar desde Argentina a casa de mis abuelos en menos de media hora.

—¡Pero no nos dijiste nada! —saltó Julia, sin poder contenerse.

Diego la miró sorprendido. A Daniel le pareció que a Julia se le habían humedecido los ojos. Decidió intervenir para salvar la situación.

—Es que a todos nos gusta tener secretos, también a ti, Julia. Acuérdate de que ayer —mintió— te pregunté quién era el chico con el que estabas hablando en el salón del hotel y me dijiste que no me metiera en tus cosas.

Apenas acabó de hablar se le ocurrió que había dicho una estupidez. Sin embargo, su prima lo miró agradecida. Diego, que permanecía ajeno a lo que pasaba entre ellos, dijo:

—En mi caso no fue intencional.

Daniel volvió a intervenir.

—Por cierto, ¿a qué hora vendrás a buscarnos hoy?

Diego le respondió que no iría al disco pub sino que se encontrarían en la puerta del hotel unos veinte minutos antes de las doce. Aparcaría como la vez anterior junto a la acera de enfrente del hotel y ahí esperarían la llegada del coche que recogería a Leo y Agustín.

—Tendremos una despedida muy movida. Me hubiera gustado que de verdad nos despidiéramos en una fiesta. Mañana ya no nos vemos porque ustedes vuelven temprano a Madrid.

—Es cierto, ya no nos volveremos a ver —dijo Julia con la voz quebrada.

—Eh, no te pongas así. Parece que nos fuéramos a morir. Yo pienso volver y espero que ustedes viajen para allá. Además, estaremos en contacto por e-mail. Les enviaré fotos de distintos lugares de Buenos Aires. Nos contaremos lo que nos pasa por el *messenger* y será como estar juntos otra vez.

Daniel se acordó de las novelas que leía de niño en las que los amigos se hacían un pequeño corte en un dedo de la mano y sellaban con sangre su camaradería. No hacía falta ningún pacto de sangre para estar seguro de que su amistad con Diego se mantendría.

«Una de las ventajas de vivir en este siglo es que existe Internet. Aunque nunca es igual que verse directamente», pensó Daniel.

En el camino de regreso al hotel una leve tristeza descendió sobre los corazones de los tres jóvenes. El sentimiento de nostalgia empezó a embargarlos anticipadamente. Y no sólo sentían nostalgia por la separación física que se produciría muy pronto, sino también por el lugar que tendrían que abandonar. La tarde se había contagiado del sabor melancólico de las despedidas.

Daniel estaba de un humor excelente cuando llegó la hora de ir al disco pub. Sólo atenuó su alegría comprobar el estado de ánimo en que se hallaba su prima. Ella fingía estar alegre, pero a él no lo engañaba. Pensó que quizá hubiese sido mejor para su prima que le contara lo que sentía. Sin embargo, había elegido callar y él la respetaba.

De repente, Julia rompió el silencio. Parecía como si hubiera mantenido una conversación consigo misma y hubiese llegado al final de la misma.

—La vida es así —dijo—, nunca podemos tener todo lo que queremos.

Enseguida agregó:

—Sin embargo, lo que hoy no se consigue, se puede conseguir mañana —y se alejó con aire de diosa.

Cuando llegaron al disco pub, a Daniel le pareció que la música estaba aún más alta que de costumbre. Tendría que usar el lenguaje de los gestos para sugerirle a Diana que se marcharan de allí. Primero la señalaría a ella, luego se señalaría a sí mismo, pondría dos dedos de una mano a caminar sobre la palma de la otra.

Sólo con imaginarse haciendo lo que acaba de pensar, se sintió ridículo. Miró hacia todos lados, pero no la vio. Se empezó a inquietar. No había pensado en la posibilidad de que ella no fuera. Los integrantes del grupo cantaban y empezaron a girar con las manos entrelazadas. Marisa lo cogió de la mano y le dijo que cantara con ellos. En una de las vueltas divisó, a modo de *flash*, la imagen de Diana. La vio de espaldas, sentada junto a la barra. Se soltó de la mano que lo tenía cogido. Diana llevaba un vestido blanco de tirantes. No tenía los extravagantes pendientes. Cuando estuvo cerca de ella, vio que la libélula seguía en su sitio. Por un momento pensó que podría haberse tratado de una calcomanía y haber desaparecido del hombro como habían desaparecido los pendientes. Pero no, estaba allí desplegando sus alas. Podía seguir llamándola, secretamente, «la chica de la libélula». Se sentó junto a ella y la saludó. Diana respondió a su saludo sin la simpatía habitual. Él le dijo al oído que aún no podía desvelarle por qué tuvieron que marcharse sin ella la noche anterior pero que, a partir del día siguiente, ya podría contárselo, y le confesó que si hubiera sido posible que ella los acompañara, él se habría sentido feliz. El rostro de Diana se iluminó.

—Con lo que me acabas de decir es suficiente —afirmó—. No hace falta que me cuentes nada más.

Lo único que escuchó claramente fue la palabra *nada*. «¿Me habrá dicho que no le importa nada lo que le cuento?», se preguntó.

—Perdona —le dijo—. No te he oído bien.

Entonces ella le habló al oído y le propuso ir a una heladería cafetería que había en un pueblo cercano donde hacían helados artesanales. Daniel estuvo de acuerdo. A él también le gustaban los helados. En el camino a la heladería, le contó que esa noche debía terminar de solucionar un asunto relacionado con el secreto que no podía desvelarle hasta el día siguiente.

Siguieron caminando. Cuando estaban llegando al pueblo vecino, comenzaron a sentirse inseguros. «¿Y si cuando me conozca más no le gusto?», pensaba Daniel, y ése también era el pensamiento de Diana. Quisieron vencer la inseguridad y empezaron a hablar por los codos.

Llegaron al pueblo y se sentaron en la terraza de la heladería cafetería. Como si se hubiesen puesto de acuerdo, dejaron de hablar. A ninguno de los dos se le ocurría nada. Para colmo, el camarero tardaba en llegar. Daniel carraspeó y salió de sus labios como un suspiro la frase «En fin». Diana le preguntó qué decía, a lo que Daniel, sintiendo que la cara le ardía, respondió repitiendo dos veces «Nada». Intentó calmarse. Miraba a la chica de la libélula y en ese momento, sentada frente a él, le parecía menos segura y hasta más pequeña.

Cuando llegó el camarero, se sintieron aliviados. Pidieron unos refrescos.

—Hemos venido por los helados artesanales y acabamos pidiendo una tónica —dijo Daniel.

A los dos les dio un ataque de risa. Con la risa se rompió la tensión y se desmoronó el muro que la timidez había levantado entre ellos. Daniel le preguntó por qué había elegido una libélula como tatuaje. Apenas había terminado de hacerle la pregunta, se arrepintió. Le pareció que había preguntado una tontería. «Es obvio que es porque le gusta», pensó. Sin embargo, una vez más, Diana lo sorprendió.

—Por la etimología, por el origen de la palabra.

—¿Cómo?

—La etimología se refiere a algo que pueden hacer las libélulas. Viene del latín *libellula*, diminutivo de *libella*, que es a su vez diminutivo de libra, balanza. Adivina por qué.

—No puedo. No sé nada de insectos ni de etimologías —dijo.

En ese momento le hubiera gustado ser entomólogo para deslumbrar a Diana.

—Yo tampoco. Nos lo contó una profesora y me gustó tanto que memoricé la etimología y, además, me hice un tatuaje.

—Ibas a decirme por qué es diminutivo de balanza.

—Porque se mantiene en equilibrio en el aire.

«¡Cuántas cosas sabe! Y pensar que el primer día que la vi, creí que era semianalfabeta», se dijo Daniel. Dejaron de hablar. Sin embargo, este nuevo silencio no era tenso, sino un silencio agradable, confortable, que podía habitarse.

—También me gustan sus alas transparentes y estrechas —agregó Diana.

Daniel le habló de los apodos que había inventado para ella. Diana le contó que también ella le había puesto un mote. Lo había llamado «el fugitivo», porque todo el tiempo intentaba escaparse de ella. Le confesó que la había hecho sufrir. Entonces, Daniel le explicó que la primera vez que la vio, le había parecido desafiante y que en algún momento incluso pensó que se reía de él.

El tiempo había pasado volando. Debían regresar. La acompañó hasta la puerta de la casa donde se alojaba. Diana estaría en Madrid el domingo por la mañana. De una forma vaga quedaron en que podrían verse el mismo domingo por la tarde.

Cuando estaban a punto de despedirse, un relámpago cruzó el cielo. Los dos se miraron a los ojos y al mismo tiempo aproximaron sus labios. Se besaron, y con el beso se sintieron como las libélulas de las que habían estado hablando. Fue como si sus pies se hubieran despegado del suelo y sus cuerpos se mantuvieran en el aire. Daniel le acarició la cabeza, pero cuando intentó volver a besarla, ella no quiso. Diana dijo que lo llamaría por teléfono y se despidió. Esa actitud volvió a desconcertarlo, pero, momentáneamente, no empañó su felicidad.

Se encaminó al hotel con la sensación de estar levitando. Empezó a llover. Corrió hacia el coche donde estaban Diego y Julia.

—¡Uf, menos mal que has llegado! Creíamos que tendríamos que irnos sin ti —dijo Diego—. Esta noche sólo el hombre alto que conduce acompaña a Leo y Agustín. Falta el hombre más bajo.

Cuando terminó de hablar, puso el motor en marcha para seguir al coche en el que viajaban Leo y Agustín. Una vez más, la tormenta había desatado toda su furia. Vieron que aparcaban cerca del faro. Diego dijo que no estacionaría muy lejos. No quería volver a tener ningún contratiempo.

—Mirad —dijo Julia—. Han bajado los cuatro. Démonos prisa.

Se calzaron las botas, se colocaron las capas impermeables y se cubrieron la cabeza con las capuchas. Daniel dijo:

—No veo a la policía. ¿Qué pasa si no vienen?

—Tendremos que detenerlos nosotros.

—¿Quéee?

—Bueno, por lo menos tenemos que impedir que derramen sangre inocente.

—¿Cómo?

—Lo he pensado todo. Traje la pistola de mi abuelo.

Julia y Daniel pusieron cara de espanto.

—Está descargada, pero ellos no tienen por qué saberlo. Compré otras dos de juguete para ustedes. Son unas imitaciones tan buenas que no notarán que son falsas.

Empezaron a caminar, inseguros, bajo una lluvia torrencial. En el océano se había desatado una borrasca. El viento los azotaba. Olas de hasta diez metros de altura chocaban contra las rocas. Las escarpadas laderas, batidas por el agua, adquirían un brillo diamantino a la luz de los relámpagos. El oleaje sacudía aquel escenario fantasmal. Algunas aves marinas permanecían inmóviles al abrigo de las rocas. La potente luz del faro añadía fulgor a un paisaje que parecería salido de un cuadro de Turner. La luz de los relámpagos permitía ver dos pequeños islotes rocosos recortados contra el cielo. Eran Vilán de Terra y Vilán de Fora que emergían de las aguas como dos gigantes, testigos mudos de la borrasca.

Les costaba caminar. Daniel sentía escalofríos. El sudor que empapaba su cuerpo se fundía en su cara y en sus manos con el agua de la lluvia. Sin embargo, su malestar no le impedía percibir la belleza convulsa del paisaje. No sabía si era por influencia de la fiebre, que una vez más se había apoderado de él, o de la naturaleza, pero se imaginó una poderosa sinfonía expandiéndose por el cabo. Algo así como una sinfonía beethoveniana que podría llamarse *Sinfonía en el cabo Vilán*. Al mismo tiempo imaginó al personaje de una novela, un joven que era zarandeado internamente por fuertes contradicciones, como ellos estaban siendo zarandeados por el viento.

La tormenta y el lugar imponente y sombrío constituían un marco ideal para una novela romántica. A pesar de sentirse seducido por esa naturaleza desenfrenada, hubiera preferido un paisaje sereno propio de una novela neoclásica. Diego compartía con sus amigos el temor a que sucediera una tragedia. Los tres sentían la garganta seca y los latidos de sus corazones parecían redobles de tambor. Sin embargo, se dirigieron hacia el faro con una valerosa obstinación. Avanzaban tambaleantes, fustigados no sólo por el viento sino también por la intensa lluvia. Cuando llegaron, vieron que la puerta del edificio anexo estaba abierta.

—Mantengamos los revólveres en las manos porque podemos toparnos con ellos de repente —sugirió Diego.

—Entonces les diremos «¡Que nadie se mueva!» apuntándoles con las pistolas —añadió Julia.

—Estáis muy peliculeros —dijo un Daniel exhausto.

—No se trata de una película —replicó Julia—. De lo que se trata es de salvar vidas, incluidas las nuestras. Si ellos nos vieran desarmados, podrían obligarnos a tomar la *digitalis purpúrea* y después nos arrojarían al mar. O, sencillamente, la banda de *El Músculos* nos llevaría al mar y acabaríamos haciendo compañía a los peces, como dijo Agustín de los tripulantes del barco. Todos creerían que hicimos una escapada para ver los acantilados en una noche de tormenta y que fuimos arrastrados al mar por las olas. «Ya se sabe la imprudencia de lo jóvenes, que no valoran la vida...»

Dentro del edificio había un túnel que comunicaba con el faro. En la torre, una escalera en espiral conducía a la linterna. Subieron los escalones sigilosamente. Iban en fila, uno detrás de otro. De pronto, oyeron unas voces. Los hombres a los que buscaban estaban bajando al mismo tiempo que ellos subían. Diego, que encabezaba la fila, vio unos pies enfundados en unas botas de goma negras.

—Deténganse. No intenten nada. Estamos armados —dijo alzando mucho la voz.

—¡Eh! ¿Qué pasa aquí? Dejadnos bajar —bramó el propietario de los pies.

El hombre que acababa de hablar se agachó y asomó la cabeza.

—¡Ten cuidado, Felipe! —dijo una voz que procedía de alguien situado detrás de él.

—Diego, déjales bajar —dijo Daniel.

—Para eso tengo que bajar yo también. No quiero dar la espalda a esta gentuza.

—No podemos quedarnos aquí parados —insistió Daniel.

—Bajaré como un cangrejo —dijo Diego.

—Eh, vosotros, oídnos, no intentéis nada porque todos llevamos armas —advirtió Daniel.

—¡Canallas! —exclamó Felipe.

Oyeron la voz de Leo.

—Haz lo que te dicen, Felipe, atreverse a venir al faro Vilán en una noche como ésta sólo puede hacerlo alguien que no está en sus cabales. Puede ser gente drogada.

—¿Y ustedes por qué han venido aquí? —preguntó Diego, que bajaba los peldaños sin darles la espalda.

—Nosotros estamos trabajando.

—Sí, trabajando para que muera gente indefensa como el farero —chilló Julia.

—Pero ¿qué dices? ¿De qué hablas? Si lo que queréis es robarnos, os podéis llevar todo nuestro dinero. No opondremos resistencia.

—Lo que queremos saber es dónde está el farero. ¿O es que ya lo habéis matado con la *digitalis purpúrea*? —gritó Julia.

—¡Eh!, ¿quién os ha hablado de eso?, ¿quiénes sois? —se oyó la voz lejana de Agustín, que no podía ver a los tres amigos ni ser visto por ellos.

—No sólo sabemos lo del farero —siguió chillando Julia, a quien el miedo y rabia hacían gritar—. También sabemos que vais a hacer naufragar un barco y dejaréis que se ahogue toda la tripulación, y que la banda de *El Músculos* se encargará de que los que no se ahoguen hagan compañía a los peces.

Después de que todos bajaran las escalera, Leo y Agustín se sorprendieron al descubrir quiénes eran sus atacantes.

—¡Vosotros! Pero ¿qué hacéis aquí y cómo sabéis todo eso?

Julia se adelantó y dijo:

—Lo sabemos porque yo os escuché cuando hablabais en la playa de Corrubedo. ¿Estos que os acompañan son los de la banda de *El Músculos*?

Leo y Agustín empezaron a reírse y los otros lo secundaron.

—Lo que escuchasteis —dijo Agustín— es el argumento de una película que rodaremos en breve y cuyo título provisional es *Los naufragadores del cabo Vilán*. Aclaro, por si no lo sabéis, que naufragadores se llamaban los que hacían naufragar un barco para robar. Otro título posible es *Asesinato en el cabo Vilán*. Aún estamos dando los últimos retoques al guión. Parte de la historia se desarrolla en el siglo XXI y parte en el siglo XIX. La que transcurre en nuestro siglo tiene que ver con dos jóvenes senderistas que realizan el mismo viaje que estamos haciendo nosotros. Un amigo de ellos que vive en Corcubión les cuenta una historia que sucedió en el siglo XIX en la que se cometió el asesinato de un farero y se provocó un naufragio. Los raqueros perseguidos por la policía escondieron el botín y...

Julia lo interrumpió y le dijo a su primo:

—Ésa es la palabra que no entendí.

—Raqueros eran los que se dedicaban a coger el botín del barco naufragado —explicó Agustín.

Diego y Daniel se habían dado cuenta de su error. Pero Julia seguía desconfiando.

—No estamos aquí para que nos cuenten una película —dijo—. Algo me parece que no encaja, ¿por qué habéis venido con esta tormenta?

—Íbamos a venir igual, hubiera o no tormenta. Queríamos ver directamente el escenario en el que se desarrollaría una parte de la película. Felipe nos contó que, casualmente, el parte meteorológico había anunciado tormenta para las noches de ayer y hoy. Vamos a reproducir este escenario con estas condiciones atmosféricas.

—Nosotros somos los tres fareros que vivimos con nuestras familias en la casa anexa —dijo uno de los supuestos miembros de la banda de *El Músculos*—. Montamos guardia cada noche para evitar incidentes. Nos turnamos. Esta noche estamos los tres porque acompañamos a estos señores. El faro está automatizado. No lo encendemos ni lo apagamos, sólo comprobamos su buen funcionamiento.

Julia insistió:

—¿Cómo sabemos que no nos mentís? Leo, Agustín, ¿tenéis algo que os acredite como hombres de cine?

—Sí —respondió Agustín, sin vacilar.

Enseguida él y sus acompañantes, a excepción de los fareros, le enseñaron la documentación.

Felipe era director de cine, como su hermano José Luis. Ambos eran amigos de Leo y Agustín. Los hermanos veraneaban en Corcubión. José Luis era el hombre que se había intoxicado la noche anterior, y como aún no se había recuperado del todo no se encontraba con ellos. Leo era guionista, Agustín también, pero además se estrenaría como director del film sobre el cabo Vilán.

Daniel les confesó que había sospechado de ellos desde el primer día. Les habló de los fragmentos de conversaciones que había oído. Les preguntó por qué había ocultado que eran hombres de cine. Ellos le dijeron que todas las veces que lo habían dicho se armó un revuelo. A partir del momento en que se enteraban de su profesión, no tenían un minuto de paz. Y ellos necesitaban concentrarse en el trabajo. Aún tenían que terminar de mejorar el guión. También por eso habían decidido hacer el mismo viaje que los protagonistas de su historia. Pensaban que podía servirles para terminar de ajustar el guión.

—Me parece que vosotros tenéis más imaginación que estos pobres guionistas —dijo Leo, señalándose a sí mismo y a Agustín—. ¿Y esas pistolas? ¿De dónde las habéis sacado?

Diego se lo explicó y entre los tres les contaron su odisea de la noche anterior con la mujer, el niño enfermo y los policías. Al final todos acabaron riéndose.

Los hombres destacaron los buenos sentimientos y el valor de los tres chicos, que no habían dudado en arriesgar su vida para salvar la de otros.

—Vuestros padres pueden estar orgullosos de vosotros.

—Por favor, no les digáis nada. Ellos creen que estamos en una fiesta en casa del abuelo de Diego —dijo Julia.

Leo, Agustín y Felipe dieron las gracias a las gentes del faro. Cuando salieron al exterior la tormenta había cesado y el viento amainado.

SEIS

A la mañana siguiente, todos comentaban que el matrimonio con la chica de la coleta y Leo eran unos afortunados porque se quedarían más días en Galicia. Era el último desayuno en el comedor del hotel con vistas a la ría de Corcubión. Daniel estaba distraído. Su madre le dijo:

—Hijo, despierta. Tómate el café con leche de una vez que se te va a enfriar.

Le molestó que lo sacara de sus ensoñaciones.

—Por favor, déjame en paz —dijo malhumorado.

—Aún no hemos llegado a Madrid y ya aparece tu mal humor habitual.

Julia entró en el comedor. Daniel dijo que quería hablar a solas con su prima y se cambió de mesa.

—¿Por qué se ha puesto así? —le preguntó Irene a Eduardo.

—¿No te acuerdas de cuando tenías quince años? ¿A que no te gustaba que tu madre estuviera encima de ti?

Agustín y Leo entraron en el comedor. Agustín se acercó a donde estaban Daniel y Julia. Después de llamarlos compañeros de aventura les preguntó por qué se habían sentado en un lugar tan alejado del resto. Daniel le respondió, mitad en broma, mitad en serio, que estaba huyendo de su madre.

—A tu edad yo también tenía problemas con mi madre. Fue una época de incomprensión mutua —dijo Agustín.

—Mi madre parece no darse cuenta de que ya tengo quince años. Me trata como a un niño. Le gustaría que estuviera pegado a su falda.

—Todas las madres pasan por una etapa difícil cuando los hijos crecen. Tienes que pensar que hasta hace pocos años te llevaba con ella a todas partes y tú estabas orgulloso de acompañarla. Pero un día empezaste a cerrar la puerta de tu habitación para que no entrara y decidiste dejar de acompañarla.

—¿Cómo sabes lo de la puerta?

—Porque la mayoría lo hemos hecho. Seguiremos hablando en el autocar —dijo Agustín—. Si Julia nos deja, nos sentaremos juntos.

Julia asintió. Quería despedirse de Ana. Se acercó a donde estaba. No sabía qué hacer.

—Espero que nos volvamos a ver —dijo finalmente, y le dio un beso en la mejilla.

Ana la miró con tristeza y se esforzó en sonreírle.

Se oyó la voz de Federico:

—Quedan sólo cinco minutos para marcharnos. Si habéis terminado de desayunar, os aconsejo que llevéis los bultos al autocar para que el conductor los vaya acomodando en el maletero.

En el autocar, Daniel y Agustín retomaron el tema de las relaciones entre padres e hijos.

—Los problemas se deben tanto a la dificultad de los padres para admitir que sus hijos han dejado de ser pequeños —dijo Agustín— como a la necesidad de los hijos de exagerar sus defectos y negar sus virtudes para poder separarse de ellos y afirmarse.

Daniel pensó que Agustín era un adulto con quien le resultaba fácil comunicarse. Tuvo ganas de hablarle de Diana y de las dudas que lo empezaban a carcomer. ¿Por qué Diana se había despedido tan rápidamente de él después de que se habían besado? ¿Se habría arrepentido de haberse dejado besar y de besarlo? ¿No querría salir con él? Le había dicho que cuando llegara a Madrid lo llamaría. ¿Qué haría si no lo llamaba? ¿Cómo actuaría cuando la viera, si lograba verla?

Acabó contándole lo que le había pasado con la que seguía llamando la chica de la libélula.

—¡Huy, huy! Con los años que tengo, treinta y cuatro, he pasado por eso más de una vez.

Daniel le pidió que lo aconsejara.

—Me parece difícil dar consejos. Las personas somos todas diferentes y las relaciones que se establecen nunca son iguales.

—Olvida lo del consejo. Pero me gustaría que me dijeras qué has hecho en situaciones parecidas.

—A ver, déjame pensar un poco. Cuando tenía más o menos tu edad, conocí a una chica que se llamaba Olga. Era como una esfinge, inescrutable. Nunca dejaba traslucir sus sentimientos. Vencí mi temor a ser rechazado, hice de tripas corazón y le dije lo que sentía por ella.

De pronto se calló. Parecía estar recordando aquellos años y a aquella chica.

—Esa vez —volvió a hablar Agustín— me fue bien. Otras, no. En una ocasión todo salió a pedir de boca sin que yo hiciera nada.

—¿Qué quieres decir?

—Lo que oyes. Sin hacer ni siquiera un gesto que delatara mis sentimientos, pero sin huir. Si huyes, siempre pierdes.

—Cuéntame lo que pasó.

—Ella se llamaba Isabel. Era tan guapa y tan lista que me sentía algo acomplejado. Fuimos amigos durante mucho tiempo. A mí me gustaba a rabiar y a veces me parecía que yo le gustaba a ella. Pasó mucho tiempo hasta que finalmente fue Isabel la que se decidió a demostrarme sus sentimientos. Fuimos felices durante varios meses.

—¿Quién dejó a quién?

—Ninguno de los dos. Sus padres se la llevaron a México. Tuvieron que marcharse por cuestiones laborales. Al principio nos escribíamos casi todos los días, luego las cartas fueron espaciándose hasta que dejamos de hacerlo. Si hubiéramos tenido Internet, quizá hubiera sido más fácil mantenernos en contacto.

A Daniel le hubiera gustado que hubiera una fórmula infalible, o que existiera una poción mágica por medio de la cual Diana sintiera un amor loco por él.

—Además del flechazo, del amor fulminante, también está el amor que va surgiendo poco a poco —añadió Agustín.

Hizo una pausa y retomó la palabra:

—Ahora, mi querido amigo, tendrás que disculparme porque quiero dejar de darle a la sin hueso y descansar. Anoche dormí muy poco y no creo que tú hayas dormido demasiado. Pero yo soy mayor y me canso antes.

Daniel le dijo que no se preocupara, que lo dejaría descansar. Quería reflexionar sobre lo que habían hablado. Al rato oyó el sonido del móvil. Le habían enviado un mensaje. Lo leyó enseguida. Era de Diana y decía: *Sólo falta un día para que los dos estemos en la misma ciudad.* Agustín, que había cerrado los ojos, los abrió y por la cara de felicidad que puso Daniel se imaginó de quién era el mensaje. No dijo nada. Volvió a cerrar los ojos. Daniel leyó el mensaje varias veces, como si quisiera grabárselo a fuego.

Al cabo de un rato, volvió a asaltarlo la duda. «¿Qué podía significar ese mensaje?». A lo mejor quería decir algo así como: «Aunque este sitio es maravilloso, me gusta saber que mañana estaré en mi ciudad, dormiré en mi habitación, me volveré a encontrar con mis cosas y podremos recordar como dos amigos los lugares en los que hemos estado». Daniel miró a Agustín. Estaba dormido. No podía hablarle de sus dudas actuales.

Federico cogió el micrófono. Les dijo que habían llegado a Villafranca del Bierzo y que comerían allí. Luego seguirían todo directo sin hacer ninguna parada hasta Madrid. Les contó que la villa era digna de conocerse, que por algo la llamaban «la pequeña Compostela». También les aclaró que tenían el tiempo justo para comer, por lo cual era impensable visitarla ese día. Acabó aconsejándoles que lo hicieran en cuanto pudieran.

Cuando se dirigían al restaurante vieron en el escaparate de una librería un anuncio de una conferencia sobre las posibilidades de ganarse la vida con la música. La daba Pedro Halffter.

—Es un director y compositor español joven —explicó Irene a algunos excursionistas— que viene de una familia de músicos. En Villafranca hay un hermoso castillo del siglo XVI donde vive su padre, Cristóbal Halffter, con su mujer, que es de aquí.

A Daniel no le molestaron las explicaciones de su madre, más bien se sintió orgulloso. ¿Habría influido la conversación con Agustín?

Llegaron a Madrid a las 20.30. Todos prometieron llamarse, escribirse, verse. ¿Cuántos de ellos lo harían?, se preguntó Daniel. Agustín les dijo a él y a Julia que los invitaría al rodaje de la película. Cuando lo abrazó, le pareció que abrazaba a un familiar. Daniel sentía que esas vacaciones habían sido mucho más ricas que otras.

En esos escasos seis días habían tenido lugar acontecimientos muy importantes. El amor, la amistad, la recuperación de una vocación, el conocimiento de unas tierras cargadas de historias. Era como si en una pequeña maleta hubiera cabido el contenido de un gran armario. De pronto, volvió a oír el sonido del móvil. Leyó el mensaje: *Tengo ganas de que sea domingo para que volvamos a estar juntos.* La cara de Daniel se iluminó. «¡Lo que quiere es verme a mí!» pensó. Eduardo e Irene le pidieron que se diera prisa. Tenían que coger un taxi.

—Ya voy —dijo.

Daniel empezó a escribir en el móvil: *Yo también…*

Sus padres lo llamaban. Acababan de parar un taxi. Decidió enviar el mensaje con esas dos palabras. Ya tendría tiempo de decirle todo lo que sentía cuando la viera.

epílogo

Había pasado un año. Diego le había pedido a sus abuelos que alojaran a Daniel en su casa mientras ellos estaban en Ourense. Daniel seguía saliendo con Diana, que no dejaba de sorprenderlo. Ella permanecería una semana en Corcubión y luego se marcharía a Santander. Se había apuntado a un curso que un célebre director musical daría a la orquesta de jóvenes intérpretes en la que tocaba el chelo.

Daniel había quedado en verse con José Luis, el director de cine. Ya se habían encontrado en Madrid varias veces. José Luis y Agustín le habían dicho que si seguía escribiendo tan bien, no dudaban que en el futuro acabaría siendo el guionista de alguna de sus películas.

Miró la hora en el ordenador. Todavía tenía tiempo de escribir. Vio que había recibido un e-mail. Pudo más la curiosidad que el propósito de cumplir una disciplina férrea y no dejarse distraer por nada. Fue a su correo electrónico. El e-mail era de su prima Julia:

Querido Daniel:

Antes de contarte mis cosas, quiero felicitarte por concursar. Tienes muchas posibilidades de ganar, pero lo importante es que te hayas decidido a participar. ¡Enhorabuena!

Podría describirte este lugar, los compañeros, las clases, la residencia en la que me alojo, pero esta primera carta que te envío por correo electrónico (¡recibirás más!) la voy a centrar en algo que es muy importante para mí. He hecho una amiga nueva. Es la compañera de habitación que me habían asignado antes de llegar aquí y es alguien que tú y yo conocimos hace un año. Me refiero a la chica de la melena fabulosa: ¡Ana! También ella ha elegido perfeccionar su inglés en Torquay. Después de la sorpresa y el corte inicial, empezamos a hablar y hablar. Teníamos tantas cosas que contarnos... Ana está contenta porque se siente liberada de la sobreprotección de sus padres. Me contó que la habían operado del estómago medio año antes de ir a Galicia. Ella no estaba preparada para algo así. Fue con su madre a la consulta del médico con unos dolores horribles y le dijeron que tenía que quedarse porque había que operarla cuanto antes. Su vida corrió peligro. A partir de entonces, sus padres estuvieron aún más pendientes de ella de lo que ya lo estaban. Una semana antes de que la operaran de urgencia, el chico que le gustaba le había dicho que quería ir con ella a una fiesta. Desgraciadamente, el día en que debía estar con él, se encontraba en la cama de un hospital. En la fiesta a la que Ana no pudo asistir, su íntima amiga se lió con el chico que tanto le gustaba. ¡Y lo peor era que su amiga sabía lo que Ana sentía por él! Para Ana fue un mazazo. Su amiga del alma la había traicionado. ¿En quién podía confiar? Su comportamiento con nosotros tenía que ver con lo que le había pasado. Cuando vio a Diego, que, según me dijo, tiene un parecido extraordinario con el chico que tanto le gustaba, tuvo ganas de seducirlo para vengarse. Quería que él se sintiera atraído por ella y darle calabazas. Pero ya sabes cómo fue todo. Yo también le hablé de mi frustración al enterarme de que Diego tenía novia y de otras cosas que creo que no te conté. Por ejemplo, del descubrimiento de ciertos aspectos míos que desconocía. Yo siempre me había sentido segura, equilibrada, muy a gusto conmigo misma, incapaz de mezquindades, con la fortaleza suficiente para enfrentarme a las dificultades. Y sin embargo, en Galicia, descubrí que no era ni tan fuerte ni tan intachable como creía. Me derrumbé como una niña pequeña cuando estábamos en la caverna, y lo peor: fui capaz de comportarme de manera mezquina por culpa de los celos. Está claro que tenía una imagen de mí misma que se correspondía con la que me gustaba. Eso también hacía que me exigiera más de lo que podía. Pero aunque mi ego no está tan inflado como antes, me siento en paz conmigo misma. Quizá uno no puede dejar de tener miserias morales como la cobardía o los celos. Lo que sí hay que intentar es sobreponerse a esos sentimientos. Si no fuera porque la vida me ha dado una segunda oportunidad, yo hubiera perdido la posibilidad de tener una amiga tan maravillosa como Ana. En cuanto al tema de Diego, es más fácil hablarte de él sin verte la cara. La verdad es que todavía *sueño que un día vendrá a buscarme y me llevará a su Buenos Aires querido. Pero, bueno, no quiero ponerme sentimental. Además, no se puede tener todo. Quizá una parte del secreto de la felicidad esté en aceptar que no siempre podemos ganar.*

Antes de despedirme quiero copiarte unas líneas que pertenecen a Juan Ramón Jiménez, el poeta preferido de Ana. Están en la introducción del libro de poemas Diario de un poeta reciencasado *(no pienses que me he despistado al poner reciencasado todo junto, Juan Ramón Jiménez lo escribió así). Ahí va la cita:*

No el ansia de color exótico, ni el afán de «necesarias novedades». La que viaja, siempre que viajo, es mi alma, entre almas.

Tienes que leer ese libro. Bueno, te dejo con un beso muy grande.

Julia

Daniel quedó impresionado con la carta de su prima. Julia había crecido. La sentía más cercana que nunca. Ya se lo diría cuando la viera. Y qué oportuna era la cita que le había enviado. El viaje del alma entre otras almas. Ése sí era un tema para pensar y estaba relacionado con lo que él quería expresar.

Pinchó con el ratón el archivo que tenía por título *Sospecha en A Costa da Morte*. Ahora, había llegado el tiempo de escribir. Como había dicho su prima, lo importante era participar. Escribir también era viajar con el alma.

ÍNDICE

Prólogo ... 7
Uno ... 13
Dos ... 29
Tres ... 65
Cuatro ... 91
Cinco ... 109
Seis ... 135
Epílogo ... 143

Sé que estás allí

Lydia Carreras de Sosa

ALANDAR, +12 n.º 118. 212 págs.

«Voz de pito», «pichón», «flautín», «corneta». Los insultos resuenan en los oídos de Rosendo Moncadas. Su trastorno de las cuerdas vocales le ha convertido en el blanco de las humillaciones y el acoso de Lautaro, dos años mayor que él. Pronto su vida empieza a ser un infierno, y teme revelar esa pesadilla a sus padres y profesores. No ve ninguna salida a su drama, hasta que un día se le presenta una solución inesperada.